W0331103

Les Palabres

Éditions Frison-Roche Belles-lettres
5, rue de Charonne, 75011 Paris

Tous droits réservés pour tous pays.
Toute reproduction de ce livre, même partielle,
par tous procédés, y compris la photocopie, est interdite.

Direction éditoriale : Édouard Frison-Roche
Direction littéraire : Katia Kaloun
Édition : Anne Bianchin, assistée par Axelle Quéré
Illustration de couverture et mise en pages : Coline Cayzac

© Frison-Roche Belles-lettres, mai 2021
ISBN : 978-2-492536-07-6
Collection Ex Nihilo

Gaëtan Panzica

Les Palabres

Frison-Roche
Belles-lettres

Sommaire

Premier tableau

La naissance

« Le monde entier est devenu fou,
songeait-il vaguement.
L'homme ressemble à une feuille morte,
ballottée par la brise d'automne. »

Eiji Yoshikawa, *La Pierre et le Sabre*

Un coucher de soleil, un banc, un vieux, un ballon, et moi, l'air hagard, écoutant ses palabres.

Avant ma venue

« La valise usée, le ventre vide, sans le sou, mes parents avaient dû quitter leur village natal. On dirait une vieille rengaine à faire couiner les soûlards accoudés au bar, change de disque, vieillard », débuta-t-il sans me laisser le temps d'esquisser une quelconque syllabe. « Ce mec est fou », pensai-je. Certainement le fruit d'une solitude accrue. Sa tenue, mélange de dandysme et de décontraction, un costume bleu taillé à la perfection, un pull blanc léger, des chaussettes à rayures blanches et rouges, un foulard de la même couleur en soie, des baskets. Le tout porté harmonieusement, comme si chaque détail était pesé. Même sa coupe de cheveux était tendance. Dégradé *undercut*, barbe de quelques jours. Et le sommet de l'ambiguïté, le ballon gonflable qu'il tenait entre les mains. Suite à quelques gestes clownesques, grimaces absurdes en direction de son smartphone, il reprit de plus belle.

« L'immensité de la ville leur permettait de se fondre dans la masse. Afin de camoufler sa beauté, dans les rues malfamées, Maman couvrait sa peau de tissu. Papa n'approuvait guère, mais elle faisait cela pour le protéger. Tant de fois il s'était battu, pour un rire, un sifflement, un geste, un mot.

Papa ne supportait pas les mecs qui sifflaient les dames comme si elles étaient chiennes. Tous ces faux durs jouant les costauds, prêts à sortir n'importe quelle bêtise histoire d'épater les potes. "Un gars, un vrai, ça parle sport, moteur, ça sent l'huile, la sueur. Un gars, un vrai, ça ne parle pas, ça se vante, ça gueule." "Eh frangine, tu veux que je te fasse du bien ou quoi, mate un peu la carrure." Mon paternel s'en donnait à cœur joie, de la voix à la gestuelle, il aurait pu en faire un one-man-show. Ma mère se régalait, riait à en avoir des crampes. Trêve de plaisanterie, il méprisait ceux qui profitaient des plus faibles afin de se donner un peu de valeur, détestait le dogme, le patriotisme, l'économie, la politique. "Au lieu d'unir, ça divise", disait-il.

Après des mois de galère, de foyer, de disette, de pain sec, de soupe populaire, Papa se fit embaucher dans une usine alimentaire. Son rôle, suivre le mouvement de la chaîne. Un peu comme le personnage de Chaplin caricaturé dans *Les Temps modernes*.

Mais qui dit contrat, fiche de paie, dit location d'une piaule. Deux, pour être exact. Je dis "piaule" parce que c'est le mot qui convient le mieux à l'endroit. Maison ou appart serait bien trop élogieux. Le quartier, un panier de miséreux, de modestes, d'étrangers. Une poignée de gens penchés sur le passé, désabusés, une masse silencieuse stagnant dans le présent, une minorité ambitieuse le regard posé vers l'avenir. Malheur pour certains, eldorado pour d'autres. Dans les halls, un mélange d'odeurs dû à la cuisine de chacun, la négligence hygiénique de quelques-uns. Les murs étaient si minces qu'on pouvait percevoir l'humeur des voisins. À force d'être collés, l'individualité devient commune. Tu pouvais entendre la musique à fond du nostalgique qui avait trop bu, les cris assourdissants des couples se déchirant, les voix des parents réprimandant leurs enfants, l'écho des lessives et vaisselles des mamans, le ronronnement des amants, la toux du fumeur du dessous, le bâillement du fatigué du dessus, l'aboiement des chiens, le miaulement des chats, le pas des mômes courant dans les escaliers, jouant à ci à ça, 1, 2, 3 piano, touche-touche, toc-toc, cache-cache, etc., les discussions de palier engendrant des potins circulant dans les étages, les contes merveilleux dissimulés sous les rides des plus vieux, le commérage des dames, l'arrogance des ados exhibant biceps et abdos, la poésie des amoureux s'embrassant en cachette afin d'éviter les tragédies familiales à la Juliette et Roméo. Aussi, le fruit de la digestion des uns des autres : les vents, les vomissements, les rots. Bref !

Évitons la sociologie, revenons à nos moutons. À peine un pas sur le seuil que la faim du paternel était comblée par de bons plats. Cuisine au beurre, à l'huile, l'odeur des steaks, de l'ail grésillant dans la poêle, les sardines grillées aspergées d'un zeste de citron, la saveur exquise des sauces mijotant dans la casserole, le parfum des épices, la tendresse de la volaille à la peau dorée, la sueur des légumes à la vapeur, le croquant ou la mollesse des féculents selon le temps de cuisson, la corbeille des fruits secs, le panier des juteux et la douceur des desserts, sans oublier le parfum du pain sortant à peine du fourneau. Je me souviens de ces effluves comme si c'était hier. Hum, et son gâteau au chocolat, doux, moelleux, croquant à la fois.

Vous entendez ! Rien que d'y penser, mon estomac en ronronne. Trêve de plat, malgré l'époque, les mœurs et le chant patriarcal d'une poignée de choristes étriqués, Maman n'était pas du genre soumise, vous savez, elle aimait juste faire plaisir à celui qu'elle aimait. D'un regard, elle devinait son humeur, s'adaptait discrètement à la température ambiante, le réconfortait quand le poids du labeur l'accablait, amplifiait sa joie en riant, quand il était heureux. Taiseuse, elle pesait chacun de ses mots.

Sa passion, les bouquins. Quand une œuvre la touchait, elle la recopiait. Pour les autres, elle couchait les phrases les plus marquantes sur des bouts de papier. Mon père, lui, n'était pas du genre roman. Quand il rentrait, il déposait son long pardessus, saluait, puis, accompagné d'un verre de rouge, de blanc ou de rosé, il se posait sur son fauteuil habituel et feuilletait les pages des quotidiens achetés de bon matin au kiosque du coin. Quand une nouvelle intéressante l'intriguait ou qu'un fait divers le choquait, il en faisait part à ma mère qui commentait, et de commentaires en opinions, ils meublaient leur soirée jusqu'à l'heure du coucher. Le lendemain, rebelote jusqu'au samedi. Dimanche, journée de repos, Maman concoctait une série de plats spéciaux. Le gueuleton des jours de fête, le repas dominical. Telle une princesse, la table était vêtue de ses plus beaux ornements et débordait de mets aussi savoureux les uns que les autres.

En dehors de la demeure, mes parents vivaient cachés, loin du peuple, des fêtards, des mondains.

Au boulot, personne ne connaissait la situation de Papa. Sympa, serviable, distant dès qu'il s'agissait de partager des bouts de soi. Pour se moquer, certains disaient : "Et voilà l'éclipsé, la face cachée de la lune."

Maman se méfiait du venin des semblables. Les dames sont curieuses, complotent les unes contre les autres, jalousent secrètement les parures de leurs voisines. Les messieurs sont vaniteux, se battent entre eux pour qui aura la gloire. "Faibles face à la chair", disait-elle.

Justement, en parlant de chair, un soir d'hiver, sous le bruit de la pluie battante, à la tiédeur de leur tanière, sans commentaire, mes parents s'enlacèrent.

Un après-midi d'été, neuf mois plus tard, le grand œuvre : Calogéro. »

– J'espère que je ne vous dérange pas, ajouta-t-il d'un air détaché.

– Au contraire, votre histoire m'intéresse, dis-je avec diplomatie.

– Quand cela vous ennuie, n'hésitez pas à me zapper. Je comprends qu'à votre âge, ce qui compte, c'est l'instant.

Qui suis-je ?

« Depuis la fenêtre du 31 et du 33, au huitième étage, les êtres étaient trop bas pour que je distingue leurs visages. Je ne pouvais que discerner leur masse en mouvement. Chez nous, des traces d'humidité, des robinets qui coulaient, de l'eau froide, tiède les jours de fête, des radiateurs ne chauffant qu'à moitié, des prises hasardeuses, des cicatrices sur les murs, des affiches collées ici et là, histoire de masquer les fissures, des objets trouvés en guise de déco pour embellir la figure du logis et un tas de trucs en fin de vie. Ma mère était douée pour sublimer, embellir. Une vraie alchimiste. Mon père disait souvent : "Ta mère, c'est notre échelle, elle nous pousse vers les hauteurs, nous ramène à la grandeur."

Décrire ma petite enfance serait une perte de temps. Rien de particulier. Pas de sévices, de drames. Vous conter mes parties de billes, mes dessins abstraits, mes sculptures en pâte à modeler, la taille des cacas, le jet des pipis, mes rots, les panades et les litres de lait n'ont point beaucoup d'intérêt. Je ne voudrais guère en amoindrir l'importance, mais pour celui qui voudrait étudier les secrets cachés dans les méandres de l'enfance, il y a un tas de bouquins sur le sujet. J'ai vu, entendu, rampé, marché, couru, parlé, joué, dormi, souri, pleuré, boudé, mangé, crié, vomi, déféqué. Pour le reste, éloge, sourire, caresse, câlin. En gros, de la tendresse. Jusqu'à un de ces soirs, à sept ou huit ans, où mes parents sonnèrent l'alerte.

"Maintenant que tu as grandi, dirent-ils, nous pouvons te dévoiler pourquoi nous ne sortons jamais ensemble, et te préservons ici. Ton père et moi venons d'une espèce différente." À peine le temps d'esquisser une phrase, qu'elle me coupa : "Je sais ce que tu penses, tu te demandes quelle est donc notre différence, car à première vue, nous nous ressemblons fortement. Papa est un Alpha, moi une Oméga. Il y a des milliers d'années, tous pareils. Mais un jour, une idée, d'ailleurs, je ne sais plus laquelle, divisa. Et de l'harmonie naquit le chaos. À force de guerres, de paix, d'un nombre incalculable de litres de sang versé, il ne resta que deux grandes puissances. Alpha, Oméga, en langue ancienne, le premier, le dernier. Notre différence, le symbole gravé sur la peau à la naissance. Tu comprends, maintenant, la signification du dessin se trouvant au milieu de notre paume."

Pour le reste, la théorie, les grands discours, cela permet de justifier la bêtise. De noyer la simplicité dans la complexité. Là, c'est moi qui en rajoute, à cet âge, je n'aurais guère compris le sens de tout cela. »

J'avais un tas de questions, du genre, « ah bon, vous n'êtes jamais sortis ? Et votre naissance, l'école, les copains, les filles, le sport ? Comment avez-vous fait ? Combien de temps cela a duré ? »

Pour le comment, il me répondit seulement : « Maman m'avait appris à lire, écrire, compter avec une patience dépassant l'entendement. Il n'y a qu'en cas de problèmes qu'elle perdait parfois pied. Je n'y comprenais rien, n'étais guère doué. D'ailleurs, il y a tout dans le mot "problème". Ludo mesure 1 m 40. Sophie mesure 45 cm de moins que Ludo et Caroline 13 cm de plus que Sophie. Quelles sont les tailles de Sophie et Caroline ? Pour la suite, la vie me l'apprendrait, disait-elle. Puis je croyais que les autres gamins vivaient comme moi. C'est quand j'ai voyagé dans les bouquins que j'ai commencé à voir autre chose. On y reviendra plus tard.

Pour ma naissance, une sale histoire. Mon père alla trouver une sage-femme, l'emmena à la maison, la força à superviser l'accouchement en la menaçant d'une lame sous le gosier. Jusqu'à ce que je sois pesé, lavé, et qu'il soit certain de ma bonne santé. Puis, il l'assassina, la découpa avec le couteau qui avait sectionné mon cordon, déposa les morceaux dans une valise, partit dans un coin isolé et brûla le tout. Poussière, tout n'est que poussière. Pendant ce temps, innocemment, je tétais les seins de Maman en quête de lait. Fin, commencement. Tout est lié. À peine les yeux ouverts, qu'un tiers les fermait à jamais.

Dites donc, ne faites pas cette tête, je plaisantais. Il l'a juste grassement payée afin qu'elle garde le silence. Dans bien des cas, l'argent arrange les choses. Encore mieux si la personne à corrompre à des taches à cacher. Celle-ci était connue pour des avortements clandestins. Acte interdit, gravement puni par la loi.

Monnaie, chantage, un mariage aussi vieux que le monde. L'union scellant les siècles.

Rien de neuf sous le soleil. »

– Alors, vous avez trouvé ?

– Trouvé quoi ?

– La taille de Sophie et Caroline, voyons.

Spirale infernale

« Adieu, chère ignorance.

Un enfant voué à se cacher, parce que ses parents avaient eu le courage ou la bêtise de s'aimer.

Les symboles qui n'avaient pas d'importance, il y a peu, absorbaient tous mes regards. De l'art ménager au moindre objet, rien n'échappait à la marque.

Mon seul lien avec l'existence, les murs soutenant ma demeure, l'humeur de mes créateurs, la littérature de ma mère, le mystère de l'inconnu dissimulé au-delà des pierres.

La connaissance avait tué l'innocence.

L'enfant que je fus jadis était l'exclu, le prisonnier, le métis, le fils de l'ouvrier, le pauvre, l'invisible, l'Alpha, l'Oméga. Un tas d'adjectifs abstraits inventés afin de cloîtrer la colombe dans une cage. De domestiquer la véritable nature de l'être. Bref !

Pas de marques, nulle vie. Un produit que l'épicier avait oublié d'étiqueter. Résultat ? Poubelle.

Pour ce qui est de ma demeure, des explications seraient utiles. Pour ne pas attirer l'attention, mon père avait loué deux apparts voisins, qu'il unifia en créant une entrée dissimulée. Une sorte de trappe invisible aux yeux de celui qui ne sait pas. Pour le reste de l'immeuble, mes parents étaient des étrangers, des voisins de palier communiquant uniquement par diplomatie. Et moi, j'étais censé ne pas être. Au curieux qui avait pu entendre l'écho de mon individualité, elle dit simplement : "Je garde parfois des mômes, histoire d'alléger la lourdeur des fins de mois difficiles." Alors, elle descendait en me camouflant dans des draps, des sachets, et tout ce qui avait vertu à planquer, et remontait un peu plus tard avec ma frimousse dans les bras, histoire de feinter les potentielles commères. Comme les nourrissons se ressemblent à peu près tous, le voisinage n'y voyait que du feu. Quand j'avais grandi, que j'étais devenu reconnaissable, elle avait dit que j'étais son neveu. Et pour camoufler les traits hérités du paternel, le voisin de palier, on avait nos trucs à nous. À force, c'était devenu un jeu. Enjoliver la trame, donner de la légèreté au drame. D'ailleurs, bien des années plus tard, en voyant *La Vie est belle* de Benigni, je m'étais dit que le bougre avait piqué l'idée à mon père. Ça devait pas être évident de payer pour deux logements, ne pouvais-je m'empêcher de penser. La dissimulation était onéreuse, demandait des sacrifices. Notre existence était pareille à celle des bandits en cavale. Toujours sur le qui-vive à la recherche de la moindre faille. La dissimulation est un art, il faut être invisible tout en paraissant visible. Mais bon, dans la vie, cela m'avait permis de percevoir des détails insignifiants pour celui qui ne les voyait pas.

Comme dirait l'autre : "Le diable est dans les détails". Donc voir les détails, c'est reconnaître le diable. Le reconnaître, c'est le démasquer, le démasquer, c'est l'appréhender, l'appréhender, c'est l'arrêter, l'arrêter, c'est l'empêcher et ainsi de suite, si vous voyez ce que je veux dire. »

Le collectif prit une allure d'individualité

« Seize ans. J'ignorais si je devais prendre cela avec bonheur ou horreur. Ces années symbolisaient le fruit de mon emprisonnement. Précédemment, nous ne célébrions guère d'anniversaires. Tout comme la musique, le théâtre, la peinture, le cinéma, certains livres maudits, c'était interdit par les hauts dignitaires de notre contrée. Les êtres n'avaient pas le droit de mettre en avant leur individualité. Tout ce qu'ils fêtaient devait être dédié à la communauté.

Mon cadeau, une paire de jumelles.

Le nez collé à la fenêtre, le collectif prit une allure d'individualité.

Les différences extérieures apparurent. Certains étaient vêtus harmonieusement, inspiraient la fraîcheur. D'autres, dépenaillés, sentaient le laisser-aller. Pour le reste, il y avait des mendiants, des gens pressés, des autos, des vélos, des motos. Point commun, tous vers le dépassement. Je pouvais maintenant coller une image au bruit de fond incessant de ma rue. Les klaxons, les cris, les bla-bla, les claquements de pas.

Y avait des jours où j'avais la larme à l'œil, la boule au ventre, parfois même les deux simultanément, quand je voyais les mômes taper le ballon, charrier les fillettes, tirer sur leurs couettes histoire de dissimuler leur bonté, balancer des cailloux en guise d'offrandes, et tout un tas de conneries du genre qui voulaient dire je t'aime. Les jours de pluie, ils sautaient dans les flaques en riant comme des fous, et les journées ensoleillées ils s'aspergeaient de l'eau sortant des canalisations que les plus grands avaient ouvertes afin de rafraîchir la petite bande du quartier. Petits, moyens, grands, sourire aux lèvres, ils remplissaient des ballons d'eau qu'ils s'envoyaient en pleine face. Les moments de grand soleil, les jeunes se la jouaient sensuelle, jean moulant dessinant la forme des fessiers, T-shirt légèrement chiffonné, déchiré, chapeau sur le côté, cheveux bien coiffés ou mèches rebelles, accoudés aux murets la clope au bec ou derrière le lobe, ça sifflait la silhouette angélique des demoiselles qui passaient là par hasard, pour ceux qui y croient, au hasard. Les anges, elles, faisaient mine de rien mais en riaient à pleines dents, fières de plaire. Si jamais l'une d'elles avait le malheur de rendre ne fût-ce qu'un rictus, le gars en parlait pendant des heures et des jours : "T'as vu comme elle m'a regardé. C'est sûr, je lui plais." "Tu le trouves comment, celui-là ?" disait-elle de son côté.

Pendant ce temps, assis sur des chaises posées non loin de leurs demeures, les plus âgés jouaient aux cartes, aux dés, en discutant autour d'un rosé, de bière, de thé ou de café. À la nuit tombée, on entendait les rires de chacun, les chamailleries bienveillantes et les mères rappelant leurs bambins. Ça commençait par : "Rentre, mon chéri, y va faire noir." Et ça se terminait par : "Bouge tes fesses, petite vermine, m'oblige pas à descendre, petit salopard." "J'arrive, j'arrive", répondait-il avec un flegme digne d'un je-m'en-foutiste hors pair. Du printemps au plein d'été, quand les mômes apercevaient la camionnette rose et bleue de Sam et Katia, dite "double boule de bonheur", un grand mince souriant doté d'un chapeau en forme de cornet et une maigrichonne speed aux cheveux violets, ils vibraient de tout leur corps et hurlaient le nom de leurs daronnes ou grands-mères pour une pièce. Quand un gosse avait nada, faisait la moue, Katia lui offrait une glace de bon cœur. Ça ne plaisait pas toujours à Sam. Il disait "Si on commence comme ça, on n'en finira pas." Bref ! Les jours de paie, mon père ramenait des raviers avec plusieurs boules, du chocolat chaud, de la chantilly et des fruits coupés en lamelles. Pour ma part, j'avais une préférence pour les bananes. Ou sinon, on se prenait un cornet garni d'une boule ou d'un glaçon.

Depuis ma lucarne, j'avais vu des amoureux se faire et se défaire, des copains se battre comme des enragés pour un jeu, un mot, une fille, des copines se crêper le chignon pour une histoire de mec, de marelle, de corde à sauter, des voisins se disputer pour une paire d'as, un brelan, un valet, une parole en l'air, un verre mal digéré, des épouses lançant la valise usée de leur mari au nom de l'infidélité, de l'insulte en trop, de la gifle qui brise. "Va rejoindre ta pute, grosse merde, criaient les plus sanguines, plus jamais un connard mettra la main sur moi, sauf pour me caresser, impuissant, va." Ma rue était un théâtre, et comme au théâtre, chaque soir, il y avait des histoires, des palabres, encore des histoires et toujours des palabres.

Parfois, je me faufilais dans la peau d'un passant. Je faisais comme si j'étais lui, imaginais sa vie, m'inspirais des histoires que j'avais lues, des paroles marquantes de mes parents, de mes visions.

L'ambiance des récits reflétait le fruit de mes humeurs, ce qui rendait la trame finale couramment subjective. »

– Puis-je vous poser une question ?

– Je vous en prie.

– À quoi ressemblent vos parents ?

– Imaginez-les selon vos désirs. Les décrire ne pourrait que les amoindrir. Disons que mes fossettes sont celles de Papa, mon nez celui de Maman, mon sourire un mélange des deux ; pour le reste, divisez-moi comme bon vous semble. Et puis, il paraîtrait que le squelette change tous les dix ans. Faudrait alors que je modifie ma description selon les années, le poids, les rides. Une perte de temps. Pour la psychologie, idem, un événement peut transformer un ange en démon. D'ailleurs, tu peux te lever à l'aube avec une pêche hors du commun, passer une journée d'enfer, et t'endormir avec une boule au ventre obscurcissant la joie de l'aurore, et vice versa. Rien n'est figé, tout est mouvement constant.

– J'entends bien.

Victimes de leur propre songe

« Les autres, je voulais les rencontrer, les entendre, leur parler, les frôler, les sentir, les toucher, les goûter. Je désirais aborder le sol avec mes pieds, sentir le trottoir avec mon front, palper la brique avec mes mains, savourer l'eau descendant des cieux en ouvrant la bouche, dépasser la vision de la rue s'offrant à ma vue.

Maman ne désirait qu'une chose, me couver. Malgré ma grande taille, elle me voyait encore petit. Elle fermait les yeux devant les malices, idolâtrait les œuvres, couvrait les actes, vantait les vertus. Elle se mettait même en travers du paternel pour défendre mon droit. Quand ils se disputaient, rien qu'une envie, jouer l'escargot, me rétracter. Mais le hic, c'est que je n'avais pas de coquille.

La source de leurs querelles était absurde. Trop de sel, pas assez de poivre, pas assez cuit, trop saignant, t'as dit ça, j'ai dit ci, fais pas ci, fais pas ça. Question sentiments, pareil, toujours trop, pas assez. De plus, ils craignaient ce qu'ils imaginaient, devenaient les victimes de leur songe. Résultat, leurs angoisses m'enseignèrent la peur, me présentèrent madame Névrose accompagnée de son époux, maître Psychose.

Pour combler le tout, dehors, les visages étaient fermés, les pupilles injectées de sang, les regards sévères, les bouches grandes ouvertes criant sur les lèvres closes. Ça transpirait le bizarre. »

Ce spectacle fut intrigant

« “Mon fils, ce que tu vois actuellement est l’aube de malheurs à venir, les prémices de combats sanglants, d’agitation, de violence, de pénurie, d’insécurité. Si la tension ne baisse pas, l’énergie engendrée créera une explosion. Notre contrée sera en guerre.”

La guerre, l’héroïsme, la justice, l’aventure, l’amour, la force, le courage. Dans les livres, il n’y avait que les lâches qui avaient peur de mourir. Tout ce que je connaissais de la guerre, c’était les créations abstraites des songes. Du vent.

Un matin, l’usine où bossait Papa ne fut plus accessible. La bourse diminua, la crainte du lendemain s’amplifia. Les Omégas avaient pris le dessus sur les Alphas. Le reste, comme jadis : confrontation d’idées.

Le temps d’un soupir, ma rue était en feu. Des corps gisant sur le sol, des véhicules incendiés, des bruits d’éclats assourdissants, des cris, des pleurs. Mes parents avaient résumé la situation en un mot. “Attentat” pour l’un, “apocalypse” pour l’autre. Deux termes différents signifiant un sentiment commun : la terreur.

Mes parents échafaudaient des plans, créaient des planques. Ils savaient qu'en cas d'intrusion, la trame serait tragique. Peu importe le clan, l'un des deux serait le mauvais. À mes yeux, ils ne représentaient que le point central me servant de repère. Ils avaient dépassé le symbole de leur marque, n'étaient plus les descendants de leur communauté, juste des enfants de l'amour, des anges déchus.

Les jours passaient, et mis à part les animaux rongeant les corps jusqu'à l'os, il n'y avait rien. Les plus forts se régalaient, les plus faibles terminaient les restes, si toutefois il en restait.

Des batailles autour de la chair d'une sauvagerie à couper le souffle. Les humains se battaient pour des idées, les animaux pour de la viande.

Encore que j'ai pu en apercevoir quelques-uns s'arracher un morceau de bidoche ou de pain. Paraîtrait même que l'un des voisins du dessous chassait les rats, les chiens ou les chats, afin de se remplir l'estomac. Pour le trop-plein, il revendait la chair au rabais en dissimulant l'aspect. “Du rat ? Ça va pas, non, et puis quoi encore, du chien pendant qu'on y est ?” disait-il aux plus méfiants.

La nuit, les cauchemars tuaient mes rêves. »

– J'imagine, dis-je, histoire de répondre quelque chose.

En vrai, les seules guerres que j'avais vécues, c'était contre l'autorité de mes parents, mes boutons sur la gueule, les connards de la cour d'école, des profs peu commodes, des copines à la con, des agents arrogants, certains potes, et contre mon reflet, bien évidemment.

Poésie apocalyptique

« Malgré l'angoisse due au climat ambiant, je dissimulais mes émotions, tentais de réconforter mes parents en leur lisant des passages des œuvres que j'aimais. Papa écoutait, les yeux mi-clos, Maman, fière, ne manquait pas une syllabe. Quand j'écorchais la peau d'un mot, elle me reprenait. Parler littérature avec elle était un réel plaisir. Elle avait une culture incroyable, un goût exquis.

Son seul regret, l'interdiction aux autres formes d'art, telles que la peinture, le théâtre, la musique, le cinéma, la scène et autres prouesses de créateurs originaux. Un tableau avait le pouvoir de refléter des milliers de mots. La scène avait la vertu de ressusciter l'encre des génies. Le théâtre donnait un corps aux personnages des grandes œuvres, le cinéma permettait de voyager sans bouger, la musique avait le don de libérer l'âme des sens, disait-elle, tout enjouée.

Dehors, entre les cadavres, quelques silhouettes errant ici et là. Le ciel était ténébreux. Rien qu'un léger filet de clarté passant au-delà des nuages. Va savoir ! Peut-être que le soleil boudait.

Cette nuit-là, la foudre, les cris, les pleurs. Ce spectacle était hallucinant, beau, terrible. Un mélange de beauté chaotique, une poésie apocalyptique, un chant angélique dédié à l'enfer.

Le lendemain de cet orage, un inconnu frappa. Silencieusement, nous rejoignîmes la planque créée dans la piaule de Maman. Contraint, Papa se dirigea lentement vers la porte. "Contrôle de routine", dit une voix passant au travers de la cloison.

– Bonjour monsieur, puis-je contrôler votre paume ? lui dit-il d'un ton convaincant.

– Je vous en prie, dit mon père cordialement.

– Je suis dans l'obligation de vous poser quelques questions, reprit l'homme, autoritaire. Habitez-vous seul ?

– Oui.

– Quels liens avez-vous avec la communauté Oméga ?

– Le strict minimum.

– Êtes-vous marié ?

– Non. J'ai juste une copine.

– D'où vient-elle ?

– Elle habite de l'autre côté de la ville.

– Vient-elle souvent à votre domicile ?

– Non. C'est moi qui vais chez elle.

– Vous travaillez ?

– Pour l'instant, c'est impossible, l'usine a été réquisitionnée.

– Êtes-vous prêt à défendre les droits de votre communauté ?

– Oui, sauf s'il faut tuer.

– Ils disent tous ça, jusqu'au jour où ils se retrouvent face au canon de l'adversaire. Là, c'est tuer ou être tué. Je vous remercie de votre collaboration, monsieur. À bientôt.

Puis, de là, il frappa chez la voisine, ma mère, qui hésita avant d'ouvrir.

– Bonjour madame, contrôle de routine.

– Bonjour, dit-elle en tendant sa paume.

– Vous habitez seule ?

– Oui.

– Comment cela se fait-il ?

– C'est comme ça.

– Recevez-vous souvent de la visite ?

– Non.

– Vous en êtes certaine ?

– Tout à fait.

– On m'a dit qu'il y avait souvent du bruit chez vous ?

– Certainement mon neveu, et les enfants que je garde de temps en temps, pour arrondir les fins de mois difficiles.

– Bon, conclut-il. Soyez vigilante, il y a des yeux partout.

Et suite à cette menace déguisée, il prit la porte en murmurant un au revoir aussi chaleureux qu'un des glaçons de Sam et Katia. »

Un héros de fresque

« Déjà que nous vivions dans un murmure perpétuel, comme si notre existence n'était qu'à demi, et encore, voilà que la paranoïa nous poussait à chuchoter, à nous taire. L'inconnu n'était pas parti en disant "au revoir", mais "à bientôt". Depuis, j'osais à peine regarder mon père dans les yeux. Lui, mon héros, m'avait déçu.

Comme toujours, il devina le fond de ma pensée, vint au bord de la fenêtre s'asseoir à mes côtés : "Dis-toi, mon fils, que pour s'élever, il faut savoir s'abaisser. Si je m'étais emporté, la situation aurait dégénéré. Il aurait approfondi la fouille, m'aurait emmené sans délai, et pour vous, je préfère même pas imaginer la suite. Les êtres peuvent être sadiques, encore pire si c'est permis par la loi, ou s'ils sont en clique. C'est au plus brutal que revient le respect, la gloire. La colère est une faiblesse dans bien des cas. Faut se maîtriser, se concentrer sur l'essentiel."

Malgré ses lacunes littéraires ou philosophiques, mon père était doté d'une sagesse naturelle. Suite à une série de manœuvres, de combats rapprochés, de tirs groupés, les Alphas s'approprièrent le quartier.

À juste titre, les ruminations de Maman. »

Vivre dans l'ombre

« "Ne fais confiance à personne, méfie-toi des lieux de divertissement, éloigne-toi des bavards, évite le bruit, la provocation. Détourne-toi des regards, ne juge rien, garde-toi de divulguer ta pensée, tes auditeurs la travestiraient. Cache-toi de ceux qui contrôlent les paumes, sois discret, méfiant, et si tu dois fuir, ne te retourne pas. Surtout, ne divulgue ton secret à personne. N'oublie pas que pour les autres, tu n'existes pas. Toute ta vie, tu devras vivre dans l'ombre. Pardonne-nous de t'avoir engendré dans de telles conditions. La jeunesse nous a aveuglés. Naïfs, nous pensions que l'amour aurait le pouvoir de changer le monde. Tout ce qu'on a réussi à acquérir, c'est l'exclusion, la solitude, la crainte du lendemain." Il y avait encore toute une série de consignes, cela serait trop long. »

– Puis-je vous poser une question ? ajoutai-je timidement.

– Je vous en prie.

– Pourquoi me raconter tout cela à moi ?

– Le temps y répondra, dit-il, énigmatique.

Puissance magnétique

« Un matin comme les autres, un attroupement inhabituel. Une multitude d'hommes de loi marchant du même pas. S'il y avait eu TikTok, Snapchat, YouTube, Instragram ou Facebook, à l'époque, cette chorégraphie aurait fait le buzz une poignée de semaines. Décidés, le regard froid, les pupilles déterminées, les voix s'assemblant au son d'un même chant, ils étaient armés, habillés de costumes identiques, ornés de symboles guerriers, mystiques. Cette marche de mi-ange, mi-démon dégageait une puissance magnétique qui m'attirait. Une sorte d'hypnose.

Quelques minutes plus tard, des coups violents, des échos de pas terrifiants, des hurlements d'une sauvagerie à couper le souffle. "Ouvrez sur-le-champ, bande de rats", ordonnaient les voix intenses traversant les cloisons.

Papa essaya d'esquiver, rien n'y fit. La bande insistait. Une phrase que répétait l'un d'eux restera gravée : "Si tu n'es pas avec nous, tu es contre nous. Dans ce cas, tu seras jugé, emprisonné, tué."

Pas le choix. Certains diront qu'on a toujours le choix, ils appellent ça le libre arbitre. Comme dirait Papa, "il y a la théorie, et la pratique". Et puis, c'est facile de juger le tout, quand on n'est confronté à rien.

La porte claqua, la clé tourna, les pas s'éloignèrent, les voix s'échappèrent. Coupable de l'impuissance, des larmes, des larmes et encore des larmes.

Comme la dernière fois, après mon père, le tour de ma mère. Cette fois, ils étaient plusieurs et d'autant plus agressifs, moqueurs. "Hum, elle est pas mal, je dirais même plus, bien roulée pour une putain d'Oméga, n'est-ce pas, les gars ?" "Tu parles qu'elle est pas mal, la chienne. T'aimerais bien qu'on te prenne, hein, salope." Plus qu'entendre, je voyais. Ils étaient quatre encerclant ma mère, se la passaient comme un objet sans vie et la touchaient dans des endroits que nul n'aurait dû avoir le droit de souiller. Avec force et mépris, ils déchiraient le tissu protégeant sa chair, pinçaient ses tétons, balançaient ses seins, frappaient son fessier légèrement dénudé avec la main, les pieds. Elle restait muette, le regard froid, et parfois regardait vers moi pour dire : "Surtout, ne bouge pas." J'ignore combien de temps dura l'ignominie, mais un cinquième arriva brusquement et changea la donne.

"Alors, on n'attend pas les copains, bande de porcs ?" dit-il avec un rictus encore plus diabolique que ses convives. Il s'approcha pour l'embrasser, mais quand il vit la marque au creux de la paume, il se détourna, la gifla et cracha au sol avec violence. Puis, il sortit un couteau d'une de ses poches, s'approcha, frôla ses pommettes avec la lame, menaçant. "Toucher une Oméga, beurk. Je préférerais encore me faire mon chien. Bande de rats, vous n'avez donc aucune fierté, ma parole. Allez vous laver les mains et on y va, avant que vous contaminiez le reste de la troupe." Et en partant, à tour de rôle, ils lui crachèrent en pleine face. "Tiens, un souvenir, microbe." Le cinquième, lui, l'ignora comme si elle n'était pas là. Mais le comble de l'inconsistance, c'est que cet être méprisant la sauva certainement d'actes encore plus ignobles.

L'image de ma mère errant au milieu de la pièce en vêtements déchirés, les seins dénudés, les fesses à l'air, le regard hagard, restera gravée à jamais dans ma mémoire. Des décennies plus tard, face à des peintures représentant des saints sacrifiés, j'ai revu ma mère, son regard, sa souffrance, son silence, sa chair.

Une fois les démons partis, elle resta de marbre, me prit longuement dans ses bras. Elle attendit la nuit pour verser des torrents, sangloter. Je fis semblant de ne pas l'entendre et je pleurai de tout mon corps en silence.

En un clin d'œil, la tristesse avait bouffé la graisse de Maman. Le corps, ça ne ment pas. Elle le cachait, mais à l'intérieur, ça ruminait. Les parents se font un devoir de cacher leurs faiblesses, jouent les divinités. Cool Maman, au fond je sais que tu n'es qu'une femme, avec ses hauts, ses bas, pareil pour Papa. Mais pour ne pas les blesser, on se tait, on ment, par respect. »

Angoisse terrifiante

« D'après les journaux, les Alphas avaient pris le pas sur les Omégas. Je pris mes jumelles, espérant croiser l'ombre de Papa. Ce que j'y voyais me terrifiait. Les civils et les vaincus n'étaient pas à l'abri. J'en ai vu plus d'un se faire lyncher. Deux, trois resteront gravés à perpétuité. La femme violentée, traînée par les pieds, rasée, le jeune gars se faisant pisser dessus par une troupe de képis éméchés, le vieillard assaisonné d'injures et de crachats, l'adolescente victime d'attouchements pathétiques d'une meute de pourceaux, les poubelles et véhicules cramés pour dire de s'amuser un peu, le pauvre type l'air paumé criant derrière son chien. Pas de bol, une poignée de gamins qui passaient par là s'en étaient donné à cœur joie. Pendant que certains maintenaient le bougre en pleurs, en y ajoutant des diatribes dignes d'un sadisme hors du commun, du genre : "Alors ! Tu l'aimes, ton clébard, hein, on va te montrer, nous, ce qu'on fait à ceux de ton espèce. On les frappe, on les pend, on les frappe encore et encore, puis on les brûle ou pas. Selon l'humeur du moment." Pas besoin de te dire ce qu'il était advenu de la pauvre bête. Le pire, c'est que dans la bande, il y avait certains des gamins qui tapaient le ballon précédemment et quelques-uns des dragueurs accoudés au muret. Rien que d'y penser, j'en ai la nausée. Et le summum sur le podium de l'atrocité, la clique qui éclaboussait de l'acide sur la face d'éventuels passants. Comme ça, pour le plaisir, ou une histoire de marque soi-disant. Bref ! Mis à part guetter, je veillais, cogitais, ruminais, pleurais, hurlais à l'intérieur de moi-même. Parfois pris d'angoisses, j'avais l'impression de suffoquer, comme si une force malfaisante pesait sur ma poitrine. Insomnie, quand tu me tiens, je souffre.

De fil en aiguille, Maman se remit à lire, reprit des forces. Elle était toujours maigre, terne, mais paraissait un peu moins triste.

Au lieu de nous enfermer dans la nostalgie, nous nous étions promis de garder un fervent espoir.

Les épaves avaient disparu. Entre les débris laissés par les massacres, des êtres circulaient.

En vérité, l'angoisse m'oppressait.

Aucun livre n'aurait pu me libérer de mes tourments. Capable que d'une seule chose, attendre : le retour de Maman en quête de provisions, le visage de mon père vainqueur de cette drôle de guerre.

Mon destin ne tenait qu'à un fil, pratiquement invisible. Un coup de vent, la chute.

Le bruit métallique de la clé tournant dans la serrure faisait resurgir de mauvais souvenirs. À l'époque je l'ignorais, mais cela ferait partie des traumatismes engendrant l'une de mes névroses obsessionnelles à venir.

Bref ! Maman revint avec des nouvelles de l'extérieur. Les affrontements pourraient bientôt cesser. Afin de trouver un accord, les dirigeants des deux clans prévoyaient de se rencontrer. En attendant, la trêve.

Elle était confiante, pensait déjà au plat délicieux qu'elle servirait à Papa.

Avant de s'endormir, elle marmonnait des phrases incompréhensibles, répétait une série de mots, que je ne distinguais pas. Elle était comme hypnotisée, en transe, finissait en silence, le front posé sur le sol, se relevait lentement, levait les bras, remerciait. »

Ce que ta rétine ne peut voir

« Le pas de course reprit son allure habituelle. Tous occupés, pressés.

Maman ne disait rien, mais je savais qu'il ne restait qu'un maigre morceau du fruit de nos économies. Ce soir-là, tel un volcan, la lave de mes tourments crachait de mille feux : doutes, angoisses, paranoïa, cauchemars, pensées intrusives, gestes obsessionnels compulsifs, et autres sentiments troublant le mental.

"Je sais ce que tu éprouves, dit-elle. Tu te sens coupable, impuissant face à la situation. L'impression qu'un poids t'écrase. Tes visions te font peur, engendrent des cauchemars. Comme le corps, le mental est parfois atteint de maladie quelconque. Si tu veux, car il faut le vouloir, tu guériras. Quand tes visions te tourmentent, affronte-les. Les ignorer ne ferait que les enfouir profondément en toi. Dans ce cas, elles grandiraient, resurgiraient sans cesse, plus puissantes, plus terrifiantes. Garde l'espoir en toutes circonstances, cultive la patience. Remercie le monde pour ce qu'il est. Rends grâce aux cieux, à tout ce qui t'entoure. Souhaite l'amour, la prospérité, la santé, la beauté, la paix. Détache-toi de l'horreur, sers-toi du chaos afin de créer l'harmonie." Comme d'habitude, elle termina par une phrase empruntée à l'un de ses livres. "Ne pas voir le mal, ne pas entendre le mal, ne pas dire le mal. À celui qui suit cette maxime, il n'arriverait que du bien." Ça vient d'un dicton ancien, qu'ils appelaient "Les trois petits singes".

Des questions m'assaillaient.

– Qui remercies-tu, les bras en l'air, le soir avant de dormir ?

Le plus simplement, elle me répondit :

– L'invisible.

– Qui est-il, cet invisible ? lui dis-je, surpris.

– Il n'y a pas de mots pour décrire ce qui dépasse la raison.

Je ne pus m'empêcher de lui couper son phrasé.

– C'est bizarre de nommer quelqu'un qui n'a pas de nom ?

– Sois patient, toi aussi, un jour, tu nommeras ce que ta rétine ne peut voir.

Le lendemain, je remerciai les cieux, les oiseaux et tous les êtres postés en bas. Cela me paraissait ridicule, sans intérêt. Comment pouvais-je remercier un monde régi par des idées restreignant la liberté ?

L'harmonie cachée derrière le chaos. Tu parles ! Dès lors que je chassais mes pensées néfastes, elles revenaient de plus belle. Le malheur m'obsédait.

Pour apaiser les obsessions, la littérature. La relecture de certaines œuvres me fit découvrir des subtilités occultées lors des premières lectures. En symbiose avec l'auteur, je ressentais sa solitude, sa passion, ses doutes, ses espoirs, sa folie, sa sueur.

Certains livres narraient des histoires à faire pâlir les plus sombres, d'autres avaient la vertu d'éclairer les ténébreux. Beaucoup de faits historiques dépassaient la raison. Des sages se vouant au démon, des criminels en quête de rédemption, des maîtres victimes de trahison, des blessés à la recherche de pansements, des familles déchirées en proie à l'héritage, des citoyens réclamant la tête des rois, des princes héritant des crimes de leurs aïeux, des princesses souhaitant la liberté, des guerriers assoiffés buvant le sang de la vendetta, des conquérants à l'affût de richesses, des nobles blâmant des pauvres, des miséreux prêts à tout pour la gloire, des savants au service des puissants, des artistes mendiant la renommée, des amoureux pactisant avec le diable, des amants de Satan quémandant la main des anges. Toute une panoplie d'êtres extraordinaires. Des génies réalisant les souhaits, des fées protectrices, des amis volants, des animaux parlants, des espèces gigantesques, des monstres marins, des herbes hallucinantes, des plantes hypnotisantes, des nains magiciens, des elfes enchanteurs, des mi-hommes, mi-animaux et bien d'autres personnages nés de la plume des auteurs. Au fil des siècles, certains protagonistes sont devenus des archétypes ancrés dans l'inconscient collectif de chacun.

Bref ! Y a des pages qui laissent des traces. »

Patience

« Fin de la guerre. Les dégâts engendrés par les combats avaient créé de l'emploi. Reconstruire ce qui avait été détruit. Maman était attirée par une place de vendeuse dans un magasin de chaussures. La patronne était de sa communauté, un atout.

Peu à peu, son teint habituel revint, la graisse reprenait du terrain sur les os.

Pendant qu'elle bossait, je passais des heures entières à scruter l'ambiance de la rue, à lire, penser, dormir.

Un de ces jours, elle m'offrit un truc qui changea ma vie : un carnet, muni d'une plume, d'un encrier. "Comme cela, tu pourras y noter tes pensées. La feuille sera ton miroir, reflétera le fruit de tes états. Écrire permet d'attraper ce qui a tendance à s'envoler. Dis-toi que ce cahier est comme un récipient vide, qui ne demande qu'à être rempli de ton liquide sacré", dit-elle, enjouée, fière de ses dires, qui étaient à son goût légèrement assaisonnés d'une pincée philosophique.

Elle avait raison, c'était tout ce qui me manquait. La canne me permettant de pêcher les pensées naviguant dans l'immensité. »

Malléable à l'infini

« Des mois de paix s'étaient écoulés.

La rue était fidèle à elle-même : des gens, des véhicules, des cris. Les traces des combats précédents étaient dissoutes par la monotonie. Comme s'il ne s'était rien passé. Cela me rappelait la pâte molle que nous malaxions dans l'enfance, une matière difforme, malléable à l'infini.

Comme avant, les mômes jouaient, ricanaient, les jeunes draguaient, frimaient, les filles passaient, souriaient, les vieux discutaient, buvaient, les couples s'aimaient, se haïssaient, Sam et Katia rafraîchissaient. Malgré les trompe-l'œil, on pouvait percevoir les cicatrices engendrées par le drame. Mais comme dirait l'autre, vivre, c'est panser les blessures passées. Bref ! Après les tragédies, la comédie urbaine reprenait de plus belle.

Histoire d'augmenter le pécule, ma mère faisait des heures supplémentaires.

Résultat, sautes d'humeur, fatigue, traits tendus, yeux cernés. Afin de l'alléger, je préparais le repas, faisais la vaisselle, évitais le bordel.

Dans le cahier qu'elle m'avait offert, il y avait le fruit de mes déchets. En expulsant mes excréments, la feuille vierge devenait un ciel étoilé. Cela me faisait un bien fou d'extérioriser les silences enfouis dans mes entrailles. Les mots avaient la vertu de retranscrire les songes, de matérialiser l'invisible, de laisser voir l'inconscient, de rencontrer son double. »

Toutes des sorcières

« Un soir, à travers la fenêtre, j'aperçus ma mère tendre je ne sais quoi à un gars. Le fait qu'elle soit intime avec quelqu'un d'autre que Papa et moi m'horrifiait. Quand elle s'approcha pour m'embrasser, l'écœurement traversa ma chair. Seule envie : m'essuyer la joue de sa salive impure.

Heures supplémentaires, fatigue. Mon œil, oui.

Le lendemain, pareil avec un autre. Certain que ce n'était pas le même, son visage était fixé.

Malgré la rage et le dégoût, va savoir pourquoi, je n'avais rien dit.

La nuit, je m'endormais avec mon carnet à portée de main. J'avais appris à mes dépens que chaque idée essentielle naissait dans les moments d'égarement, quand on n'y pensait pas. Les pensées sont telles des étoiles filantes : brèves, rapides, lumineuses. À peine le temps de les apercevoir, qu'elles ont disparu. Certains nomment cela des fulgurances. C'est pour cela que dès que je peux, je les note.

Mon carnet, qui était vierge peu de temps auparavant, se remplissait de mon sang, goutte à goutte. Il y avait des poèmes, de brèves pensées, des bouts d'histoires, des phrases pillées dans quelques bouquins, des dessins symbolisant mon état. Un tas de mots illisibles. »

Remuer la poussière

« Un jour, comme ça, au hasard, Papa réapparut. On s'enlaça, on pleura, puis on parla. Nul besoin de te décrire nos sentiments en cet instant, pas de mots assez puissants. Il avait changé. Ses pupilles avaient perdu de leur éclat, ses traits étaient tirés, ses mains écorchées, ses tempes grisonnantes et l'une de ses jambes le faisait légèrement boiter.

À peine le temps d'un soupir, il s'endormit. Lui, le démiurge solitaire de retour de la guerre, l'aventurier indomptable, l'ange revenu vainqueur de l'enfer, le roi exilé retrouvant son trône, le marin rescapé de la bouche de l'océan.

Quand ma mère entra, je fis semblant de dormir. À cause du bruit, certainement, Papa s'éveilla brusquement en criant je ne sais quel charabia. Dès qu'il s'aperçut qu'il était en lieu sûr, il se calma, l'embrassa comme jamais. Elle parvint même à pleurer, la menteuse.

Un jour, elle vint me trouver à part : “C'est quoi ton problème, bordel ? Qu'est-ce que je t'ai fait ?”

L'occasion de vider mon sac, mais mon corps refusait d'obéir à ma pensée, comme si une barrière l'empêchait de passer outre. Alors, je fis mine de rien. »

Échanger avec l'ennemi

« Par ennui, Papa se mit à lire. Lentement, mais sûrement. Il acceptait mes propositions, sans jugement ni commentaire. Quelle joie de partager le fruit de ma passion avec lui. Nous devenions peu à peu intimes, tels deux prisonniers cohabitant au sein de la même cellule. Il me racontait des tas de trucs que j'ignorais sur Maman. Le racisme, le coup de foudre, l'union, la séparation, la fuite, l'incompréhension, la division, la trahison, l'isolement. L'unique trace de sa vie passée, une photo en noir et blanc chiffonnée représentant un quartier délabré, une maison à la façade défraîchie, fissurée par l'usure, le temps, le sel de la mer naviguant dans l'air, le manque d'argent, la misère. Devant le perron, une femme d'âge moyen légèrement dodue, vêtue d'un long tablier, chaussée de sandales, un homme mince de taille moyenne arborant chemise, costume, chaussures, chapeau. Sur les genoux de la dame, une fillette en robe, tout sourire, lèvre tachée de résidus de chocolat, de figue, tomate ou je ne sais quoi ; à côté, un garçon d'une dizaine d'années en T-shirt et short dévoilant un genou écorché. À côté du monsieur posant fièrement, un enfant ne portant rien d'autre qu'un caleçon.

Papa âgé d'à peine trois ans. Quelle sensation étrange de l'apercevoir comme ça ! On oublie souvent qu'avant d'être nos parents, eux aussi étaient de petits enfants, n'est-ce pas ? En y regardant de plus près, des détails m'apparaissaient. Au-delà des particularités de l'un et l'autre, j'y percevais des traits communs. Et à travers ces inconnus, je voyais mon père. À peine le temps de songer davantage qu'il me posa entre les mains une autre photographie. Maman solitaire, assise face à la mer, jeune, élégante, souriante, fière. “Aucun être sain d'esprit n'aurait pu résister à une telle beauté”, pensai-je.

Le carnet que ma mère m'avait offert était rempli, et comme je ne voulais pas lui en demander un nouveau, je griffonnais là où je le pouvais, sur chaque surface vide. Dans une boîte dissimulée, des centaines de bouts de papier chiffonnés contenaient mes secrets.

Papa dévorait les pages avec ardeur, sa cadence s'accélérait quotidiennement. Cela faisait bizarre, le soir, de voir mes parents discuter littérature.

– Eh bien, tu es plus fort que moi, dit ma mère d'un air narquois. Ça fait vingt ans que j'essaye d'initier ton père à la lecture, rien n'y fait, et toi, en à peine quelques mois, tu l'as converti, à la limite du fanatisme, dit-elle en riant.

– Je n'y suis pour rien, répondis-je avec arrogance.

– Ah ! Au fait, je t'ai acheté un carnet. Depuis quelque temps, je te vois griffonner un peu partout.

– Merci.

– Pourquoi ne m'as-tu pas demandé d'en rapporter un plus tôt ?

– Je l'ignore.

– Il est temps de vider ton sac, petit. C'est peut-être dû à ton âge, mais t'as un truc qui te chiffonne. Ça se voit comme le nez au milieu du visage ou le bouton bien rouge que tu tentes désespérément de dissimuler sur ton front.

Je n'avais plus le choix. La vérité s'imposait.

– Un jour où je regardais par la fenêtre, je t'ai vue échanger un présent avec un passant, et ça s'est répété plusieurs fois avec d'autres. J'en déduis donc que tu as une existence parallèle dont nous ignorons le contenu.

– Mon fils, je suis désolée de le dire comme cela, mais tu as été la victime de ton imagination. Tu as donné de l'importance à un acte des plus communs, banals qui soient. Tu as transformé ce que tu as vu en fantasme, et à force d'y penser, tu l'as confondu avec la réalité. Je crois que tu as trouvé ta vocation. Inventer des histoires. Le fait que je t'ai offert un carnet était certainement prémonitoire. Soit ! Venons-en aux faits. Tout ce que tu as vu n'est qu'un échange de monnaie comme il s'en fait des milliers à chaque instant.

– Tu veux dire que tu ne connaissais pas ces gens ?

– Absolument.

– Et pourquoi échanger avec des inconnus ?

– Ça s'appelle vivre en communauté.

– N'est-ce pas la communauté qui a engendré la division, créé la guerre ? Décidément, je ne comprends rien. Tu me dis toujours de ne faire confiance à personne, maintenant tu me sors qu'il faut échanger avec l'ennemi.

– Ne t'inquiète pas, un jour, ces choses obscures s'éclaireront en toi.

Ce soir-là, maman fit un somptueux repas. Soupe de poissons frais en guise d'entrée, linguines aux coquillages pour plat, le tout accompagné d'un blanc sec léger de qualité. Et pour finir en beauté, une papillote de fruits épicés. S'il y avait eu Internet à l'époque, le blog culinaire de Maman aurait séduit plus d'un gourmet. Après s'être délectée de bien des façons, elle fit part de l'anecdote à Papa, et ils éclatèrent de rire comme jamais, les salauds.

Mes doutes à la corbeille, léger tel l'oiseau voltigeant dans les airs, l'esprit purifié de ses déchets, ressuscité, j'étais de nouveau prêt à découvrir de nouvelles matières. »

– Ouf ! m'écriai-je, le sourire aux lèvres.

– Que vaut cet enthousiasme ?

– Je suis content que votre mère n'ait pas trahi la confiance de votre père.

– Comment pouvez-vous en juger ? C'est peut-être lui qui a trouvé du réconfort dans les bras d'autrui. La femme d'un soldat ennemi ou le viol d'une prisonnière victime de l'absurdité, qui sait ? La guerre a le pouvoir de transformer un chérubin en diablotin.

Un nain, un géant

« Vingt et un ans. Papa avait repris des forces, postulait chez des employeurs. Maman, quant à elle, continuait son labeur. Ce soir-là, après le repas, le gâteau, les bougies, les souhaits, mon cadeau : un télescope.

– Ça fait des années que tu observes les individus postés en bas avec tes jumelles, maintenant, nous t'offrons l'accessoire qui te permettra de voir plus loin dans les cieux. Grâce à cet instrument, tu auras accès au monde des étoiles.

Suite à mes remerciements, Papa me tendit un document.

– Qu'est-ce ? dis-je, d'un air béat.

– Pendant la guerre, bizarrement, j'ai fait la connaissance de braves gens. L'un d'entre eux avait à peine ton âge. Je ne vais pas te conter les détails horribles, absurdes des combats, mais une nuit où nous étions en planque à l'affût de l'ennemi, une balle transperça nos chairs. La vie d'un homme en état de guerre se joue sur un coup de dé. Aujourd'hui, je t'offre ses papiers symbolisant son identité.

– Comment puis-je être lui, il est mort, dis-je, stupéfait par ce que je venais d'entendre.

– Pour l'administration, il vit encore, répondit-il, le plus calmement du monde.

– Où est son corps ? rétorquai-je.

– Enfoui sous terre, parmi les ossements.

– Et sa famille ?

– Malheureusement, ses parents sont morts.

– Comment puis-je être un autre ?

– Ce papier ne te servira qu'à circuler. Pour le reste, tu seras toujours ce que tu es, m'assura-t-il.

– Oui, mais cela ne change rien, puisque je n'ai pas de marque gravée au creux de la paume.

– Goutte à goutte, l'eau transperce la pierre.

Le destin tragique de ce jeune homme me hantait. Une idée surgissant dans l'esprit de dirigeants, un courant d'air sifflant dans l'oreille des passants, du bouche-à-oreille : les idées deviennent des actes, et de petits combats ruraux en guérillas urbaines, la guerre. Une arme dans la main d'un semblable, au mauvais endroit, au mauvais moment, une balle avait mis fin à l'instant, au passé, à l'avenir d'une âme à la fleur de l'âge.

Une image hantera mes rêves des années durant. Un bataillon coincé dans les tranchées, des obus, des rafales de balles, des cris, du sang, des larmes, des flammes, des êtres mutilés agonisant les uns à côté des autres. Puis, au milieu de ce chaos sans nom, un soldat enterrait le corps de son compagnon. Et alors qu'il le recouvrait de terre, le cadavre ouvrait soudainement les paupières. Le plus troublant, c'était l'instant où je découvrais que le mort-vivant n'était nul autre que moi-même et le fossoyeur mon père. J'ai fait ce cauchemar, jusqu'à ce que l'hypnose l'efface de mes songes bien des années plus tard.

Papa avait dû assister à des scènes horribles, troublant son mental à jamais. La nuit, il se réveillait en sursaut, l'esprit tourmenté, le corps en sueur. Il marmonnait des phrases incompréhensibles du bout des lèvres. Il ne montrait pas ses sentiments, mais l'ampleur des traumatismes engendrés par les combats était palpable. L'observer claudiquant quand il se levait pour aller pisser la nuit faisait parfois surgir de mes paupières des averses à n'en plus finir.

Le soir, quand le soleil se couchait, le télescope me permettait de me blottir sous les étoiles. L'étendue immense offrait à ma rétine un décor merveilleux : océan mystérieux, orné de lumière, de néant, un peu comme une feuille blanche tachée d'encre.

Face aux scintillements stellaires, noyés dans cette immense mer ombrageuse, les individus et les mots me paraissaient bien minuscules. »

– J'entends bien, affirmai-je.

Sortir cette phrase toute faite, cela me faisait penser à mes cours de communication. J'entends bien.

Cage dorée

« Papa trouva un nouvel emploi. Veilleur de nuit dans un complexe industriel. Il n'était pas à l'abri de l'imprévisible, mais comparé à la guerre, une balade de santé.

Quand il rentrait du labeur, Maman se préparait pour se rendre au sien. L'intimité se réduisait, la bourse s'amplifiait. Moins de communication, davantage de richesses. Fatigué de ses rondes, mon père délaissa ses lectures. Épuisée, ma mère en fit autant. Honteux de ne pas pouvoir alléger leur sort, l'unique lecteur de la demeure se cachait pour lire.

Étais-je un prisonnier dans une cage dorée, une victime de conditions hasardeuses, d'une divinité prodigieuse, de forces extraterrestres, du karma ?

Toutes ces questions engendrèrent des pages entières de mots s'entrelaçant. Leur union parvenait parfois à créer des idées plus intéressantes que les autres.

J'aime écrire, déteste les mots. Ils divisent plus qu'ils unissent. Des personnes salissent le papier, au lieu de l'embellir. Certaines œuvres sont même rédigées dans le but de critiquer, commenter les germes d'autres auteurs.

C'est comme si l'assemblée se mettait à juger les traits d'un nouveau-né devant sa mère. Ils pourraient critiquer la création pendant des décennies, rien n'y changerait. L'enfant est le fruit de sa nature. Imagine un peu, tu sèmes des mois, te casses la santé, donnes toute ta sueur, et une fois la récolte achevée, un gars rapplique avec sa grosse paire de bottes dans le jardin et y écrase les fruits, comme ça, tranquille, histoire de faire.

Les œuvres que l'on comprend trop facilement ne sont que pâles copies du vivant. Qui peut prétendre tout connaître de l'existence ? La véritable œuvre doit être pareille à la vie : subjective, réelle, abstraite, voilée, compliquée, tragique, comique, absurde, simple, mystérieuse. Si l'œuvre n'engendre aucune réflexion, son existence ne sert qu'à distraire, tel un messager sans message. La force des génies est de libérer l'esclave de son emprisonnement, telle une bougie éclairant l'obscurité. La vertu des grands créateurs est d'emporter le spectateur du rire aux larmes. Le reste, comme jadis, du pain, des coups de reins, du sperme, des mômes, des complots, des tromperies, des amours illégitimes, des mariages forcés, des trahisons, des secrets, des combats, du sang, du divertissement. »

Connaître le vide

« Un tourbillon de songes. La rue, les gens, les idées, les cieux. Pourquoi ? Quel était le but de l'œuvre, quelle sera la chute finale, qui est le véritable auteur ? Toutes mes incertitudes étaient notées sur les pages des carnets, qui se remplissaient de questions, de doutes, de joies, de peines. La matière gravée sur l'immaculée n'avait qu'un but : comprendre le vide.

À quoi bon penser ? La vie, un souffle. Si mon pouls s'arrêtait soudainement, tout continuerait comme avant, la guerre, l'amour, la division, l'union, le commerce et le reste. La seule trace visible de mon passage ne serait que dans les souvenirs de mes parents, jusqu'à ce qu'ils meurent, que nos pas s'envolent pour se fondre dans le néant : vaste contrée devenue légendaire avec le temps.

Malgré les prières, le doute subsistait. Des visions terrifiantes à faire pâlir les plus sombres. Cela provoquait des angoisses insupportables. J'assistais à des scènes horribles : des corps incendiés, noyés, assassinés, poignardés, bombardés, fusillés, pendus, battus, des gens humiliés, bannis, trahis. Des pilleurs à l'affût des trésors, n'hésitant pas à s'infiltrer dans les demeures, des violeurs, de corps, d'esprits, des enfants battus par leurs parents, des parents trahis par leurs enfants, des orphelins errants quémandant la main des passants. Des rues ensanglantées, des palais en feu, des paysans en colère, des hommes de loi fuyant le peuple en transe, des mères en pleurs, des pères mutilés, des cris, des plaintes, des gémissements, des foules enragées se dévorant. Brève palette des horreurs apocalyptiques s'immisçant dans ma cervelle. Hallucination provoquée par l'isolement, création désordonnée engendrée par l'imagination, stigmate de l'actualité, digestion de l'information. Qui sait ?

Un soir, tel un éclair traversant l'obscurité, une idée. »

À peine le temps de lui demander laquelle, qu'il avait changé de sujet. Puis il me dit, tout en esquissant une danse absurde dont le reflet inspirait la folie : « être bref, léger, rapide, distrait, passer du bœuf au cochon, n'est-ce point le reflet de l'époque ? » Et là, voilà qu'il terminait la chorégraphie par un grand écart. Ensuite, il s'assit à nouveau, poursuivit son récit comme si de rien n'était. J'en fus tout ébahi.

– Que faites-vous ?

– Un TikTok.

Tel un bon samaritain

« L'humeur de la demeure reprenait un climat convenable. À la suite d'un licenciement, Papa se fit octroyer le poste de jour. Quel plaisir d'observer à nouveau ses bonnes vieilles habitudes. Son pardessus, son fauteuil, son petit verre, son journal, ses commentaires. Il avait quand même ajouté un truc à tout ça : il consommait quotidiennement des caramels qu'il planquait dans ses poches. Toutes ses poches. Du veston, du gilet, du pardessus au pantalon. Et gare à celui qui lui en piquerait sans autorisation. Enfin ! Nous avions retrouvé le rituel du repas quotidien. L'endroit où nous pouvions partager nourriture et pensée.

Pour ma part, je priais matin et soir avec intensité, m'imaginais dehors, errant ici et là, discutant littérature avec des passants, souriant aux enfants gaiement, saluant respectueusement, le pas pressé, las ou nonchalant, m'inventant des histoires d'aventures, d'héroïsme, de romance. Et comme dans les épopées gravées dans les manuscrits d'antan, tel un bon samaritain, j'affrontais avec courage les êtres dotés d'instincts malfaisants. »

– Si vous étiez un super-héros, lequel seriez-vous ? lançai-je en guise de boutade.

– J'hésite, le choix est rude. Et vous ?

– Spiderman, affirmai-je à la hâte.

– Pas mal. Pour moi, n'en déplaise, disons le Joker.

– C'est un méchant, répondis-je, légèrement outré.

– À bien y réfléchir, il est comme les autres. Un être qui se déguise pour s'occuper d'affaires qui ne le regardent pas. Mais si vous le dites, vous avez certainement raison.

Cela me laissa perplexe, mais je me tus.

– Je plaisante, rétorqua-t-il, en lisant certainement la gêne inscrite sur ma face. Iron Man, j'adore son humour, son style, son charisme.

Il n'avait pas tort, les gens étaient fascinés par les méchants, les mecs ambigus, ceux qui ont le cul posé entre deux chaises.

À croire que les héros étaient trop lisses.

Du néant à la lumière

« L'épopée de mes parents m'intriguait. Je savais qu'ils avaient des frères et sœurs, sans plus. Je profitai du repas pour les emmener dans les confins de leur mémoire. Pour les convaincre, une phrase puisée dans l'œuvre d'un artiste majeur. "Pour comprendre qui je suis, où je vais, je dois savoir d'où je viens."

En riant, Papa dit :

– Simple, ta vie vient de notre union, tu sors du ventre de ta mère, te diriges vers la poussière : la mort. Du néant à la lumière, de la lumière au néant, le cycle naturel de l'existence.

– Et la pensée, où va-t-elle quand le corps meurt ? dis-je, perplexe.

– Tout ce que je pourrais te dire là-dessus ne serait que spéculation, alors je préfère m'abstenir sur le sujet, dit-il humblement.

Maman, qui paraissait pensive, prit la parole.

– Tu viens du paradis, vis en enfer, finiras dans le monde des esprits, là où règne ton véritable créateur : le dieu de l'Univers.

Paradis, enfer, poussière.

– C'est gentil de m'avoir fait part de vos abstractions, mais j'aimerais connaître concrètement le fruit de mes ancêtres, leur dis-je d'un ton las.

– Bon ! Je vais faire court, dit Papa. Ton arrière-grand-père était artisan-cordier et son épouse femme au foyer. Ensemble, ils eurent huit enfants, dont ton grand-père, mon père. Comme au reste de la fratrie, le patriarche lui enseigna le métier. La transmission était de l'ordre du sacré. Alors, études le jour, cordage le soir. Son souhait le plus cher, qu'il gardait secret pour ne pas chagriner l'humeur de son père, était d'apprendre, quitter le village, voyager, découvrir, s'élever. Mais un événement l'en empêcha : la mort de deux de ses frères lors d'une guerre. Résultat : l'usine, l'uniforme, la chaîne, la mallette, le cambouis. Puis un de ces soirs de beuverie entre collègues, il rencontra ma mère dans un bal populaire. Elle aussi était femme au foyer, s'occupait de ses nombreux frères et sœurs. À peine avaient-ils fêté leurs noces, que le pays subissait une crise d'enfer : pénurie collective, carence individuelle. À quelques frontières, mon père trouva de l'ouvrage. Extraire du charbon stocké aux confins de la terre. Labeur épuisant, dangereux, inhumain. Personne n'était à l'abri du coup de grisou. Le temps de quelques rides, ma mère le rejoignit. Ils firent des enfants, dont moi, et ne quittèrent plus la terre qui les avait accueillis jadis comme main-d'œuvre étrangère. Ils s'étaient intégrés aux mœurs communes en gardant discrètement les leurs. Le jour où j'ai quitté le foyer pour ne jamais plus le revoir, mon père ne travaillait plus, touchait une pension. Pour ma part, quand j'ai rencontré ta mère, je faisais des études de commerce. Mais afin de subvenir à nos besoins, un peu comme mon père, j'abandonnai l'école. Tout comme Maman d'ailleurs, qui voulait être infirmière. N'est-ce pas, ma beauté, dit-il en lui caressant le bras.

Plus évasive, Maman ajouta :

– Je serai brève, n'aime guère remuer la poussière. Le parcours de mes ancêtres est pratiquement similaire à ceux de ton père, fruit de l'environnement. Au-delà de notre communauté, nous appartenons à la classe sociale dite ouvrière. Les gens de notre condition ne vivent pas, dans bien des cas, ils survivent. Charbon, soufre, champs de coton, construction, cueillette, marteau, pioche, chaleur étouffante, poids d'une lourdeur courbant les dos, coups violents pour manque de rendement et autres crapuleries engendrées par les exécutants des exploitants. Des ouvriers eux aussi, mais gradés. Une fois bedonnants, les premiers arrivants oublient la famine d'antan, blâment les nouveaux arrivants. C'est à cause de lui, d'eux, de vous, de nous, disent-ils d'un côté comme de l'autre. Alors, chacun se referme sur lui-même, créant une nouvelle communauté : les exclus. Résultat : violence, racisme, rejet. Bref ! Il y a bien entendu des gens qui ont eu l'audace de dépasser leur condition en entreprenant, rares sont ceux qui durent. Comme dirait l'autre : "L'argent n'a pas d'odeur, mais pas d'odeur vous monte au nez." Et comme tu le sais déjà, moi aussi j'ai plusieurs frères et sœurs. Tu remarqueras que c'est dans les familles démunies qu'il y a le plus d'enfants. Je crois en connaître les causes, mais je n'ai pas envie de corrompre ta propre pensée en t'insinuant les miennes. Je ne suis pas comme ces vendeurs d'idées. Peu importe d'où tu viens, sache où tu vas et pourquoi.

“Sache où tu vas et pourquoi.”

Je voulais descendre dans la rue pour affronter la réalité, désirais marcher, courir, discuter.

Exister ! »

Les apparences sont trompeuses

« Papa revint le visage ensanglanté pour une cigarette qu'il n'avait point, car il ne fumait pas. Comment pouvait-on faire du mal à autrui pour si peu ? Les bêtes entre elles n'en font pas autant, je suppose. D'où venait cette haine ? Quelle était la genèse de cette violence ? L'humanité se vengeait-elle de vieilles rancunes enfouies dans son inconscient, ou prenait-elle plaisir à causer du tort en faisant la guerre pour n'importe quel prétexte ?

Quand la vengeance m'animait, Papa disait : "En agissant de la sorte, tu ne vaudrais guère mieux que tes agresseurs, c'est une chaîne sans fin. Tu te venges, ils se vengent, ainsi de suite jusqu'à ce que l'un des deux meure." Maman ajouta qu'il fallait se méfier des amis, pardonner à ses ennemis. La seule guerre qui vaille la peine d'être vécue : combattre ses propres démons, atteindre la sérénité.

J'étais comme souvent accoudé au bord de la fenêtre, les pages d'un ouvrage entre les mains. Celui-ci était poussiéreux, traînait dans un coin sombre depuis des lustres. Je ne l'avais jamais ouvert, la jaquette ne me plaisait guère. Pourtant, cette œuvre, qui était insignifiante il y a peu, deviendrait mon livre de chevet. Le récit d'un prince qui ne voulait pas régner. Il avait préféré transgresser la loi, plutôt que de la dicter. Au lieu du pouvoir, il avait choisi l'esclavage, car il savait au fond de lui que sa véritable nature n'était pas d'imposer, mais de subir. Pour l'État, il y avait deux choses graves pouvant provoquer la mort ou l'emprisonnement : le meurtre et le reniement de sa communauté.

Cela n'empêcha point le héros de brûler sa peau à l'aide d'une lame, ce qui effaça la marque gravée au creux de sa paume. À travers ces pages, on pouvait ressentir la douleur.

Mais quelle bravoure, quel courage ! »

Gravée à vie

« Je pris mon destin en main, au sens propre, non au figuré. Il s'agissait bien là de l'avenir de ma chair. Comme le prince, à l'aide d'une lame, ma paume s'enflammait. Un acte commun pour des idées contraires. Disparaître pour l'un, apparaître pour l'autre. La douleur était insupportable, qu'une envie, mettre ma main sous l'eau fraîche.

Quand Papa entra, il m'éveilla en furie. "Qu'as-tu fait, tu es devenu fou ?" dit-il, interrogatif, affolé, confus. Il prit ma main, désinfecta la plaie, fit un pansement. Quand Maman eut vent de la situation, elle devint hystérique, se mit à pleurer.

Après quelques semaines, la douleur devint supportable.

Ma paume était gravée à vie. Enfin ! Un point commun avec le monde.

Afin d'organiser la genèse de ma liberté, Papa m'expliqua les démarches administratives à suivre, décida de m'y accompagner.

Une identité me permettait de circuler en liberté.

Tano. »

Deuxième tableau

L’errance

« Il faut choisir, mourir ou mentir. »

Louis-Ferdinand Céline, *Voyage au bout de la nuit*

Renaissance

« Lors de mes premiers pas, Papa m'accompagna. Honnêtement, il n'y a pas de mots assez lourds pour décrire le poids de l'événement. Comment pourrais-je expliquer un coucher de soleil à un aveugle ? Pareil qu'une bonne paire de gifles, faut se la prendre pour la ressentir. »

Et là sans prévenir, il m'en colla une, reprit comme si de rien n'était.

« Bref ! N'osant guère croiser les pupilles d'autrui, je marchais tête baissée, ne discernais que des pieds gesticulants. Le peu de phrases que je discernais me fascinait. Je vis enfin ce qui se cachait au-delà de ma rue. Une autre rue.

À quelques pas, le centre-ville. Là, où se concentraient une multitude de besoins commerciaux, administratifs. Les piétons affluaient, se bousculaient, les véhicules étaient nombreux, se faisaient entendre, les cyclistes se faufilaient, se dépassaient. Le temps s'était accéléré.

Les gens faisaient tout très vite. Il y avait des magasins un peu partout, du textile à l'alimentation. Des maisons où les individus criaient, jouaient, buvaient. De grands immeubles, où ils entraient, sortaient. Les transports en commun étaient bondés. Un mélange de sons, de tissus, de chairs, d'odeurs, d'haleines, de sueurs, de postillons. Une cacophonie, une soupe de crachats, un nid de bactéries.

En dehors, les extrémités. Moins de bitume, davantage de prairies. Pas de commerces, de passants qui affluent, juste quelques promeneurs amoureux de la verdure. Au fil des pas, un sentier nous emmena au bois. La hauteur des arbres empêchait la lumière de pénétrer entièrement, ce qui rendait l'endroit sombre, mystérieux.

Des enjambées plus tard, l'endroit où mon père bossait. Un lieu retiré de la ville, ne contenant que du bitume, des bâtiments. Une zone industrielle qui augmenterait si vous voyez ce que je veux dire. Aujourd'hui, on dirait de minuscules parcelles de rien remplies de tout. Ils ont même été jusqu'à détruire le fruit de la nature pour construire afin de produire davantage, créer du besoin. À l'époque, ça faisait les affaires de tous. Les ouvriers travaillaient, consommaient, s'engraissaient, les patrons s'enrichissaient, réinvestissaient, grossissaient. Une époque bénie de bedaines remplies.

Puis, devant un magasin semblable aux autres, Maman en plein labeur. Si nous étions une famille normale, nous aurions pu entrer, la saluer.

En guise d'initiation, mon père jeta une piécette que j'attrapai en vol : "Va effectuer ton premier échange commercial avec la civilisation, entre dans la danse des siècles, perpétue l'acte millénaire. Faire circuler la monnaie est un pas vers la fortune", dit-il en pointant du regard la vitrine d'un bric-à-brac.

Mon premier achat, un bloc de feuilles vierges, symbole de ma renaissance. »

– Que se passe-t-il ? J'ai l'impression que vous êtes ailleurs.

– Je suis bien là. D'ailleurs, je ressens encore la chaleur de votre paume sur ma joue.

– J'en suis sincèrement désolé, mais c'était la meilleure manière de vous faire comprendre où je voulais en venir. Les actes ont plus d'impact que les métaphores, n'est-ce pas ?

– Certainement, ajoutai-je avec l'envie intense de la lui rendre, sa foutue gifle.

L'esclavage moderne

« Vingt-trois ans. Cela faisait plus de six mois que je parcourais les quatre coins de la ville. Maman s'inquiétait comme au premier jour. Dès que je franchissais le seuil, des rafales de mitrailles dans le regard.

Papa m'avait trouvé un boulot, Maman offert un livre. D'après le bouquin, mes aïeux avaient été vendus par leur patrie afin d'effectuer les tâches ingrates que certains citoyens de contrées voisines refusaient. À leur arrivée, un climat hostile. Ils étaient logés dans de vieux baraquements insalubres, abritant autrefois des prisonniers, lors des guerres précédentes. Obligation de suivre les accords stipulés dans leur contrat : "Travailler cinq ans sans relâche, ne pas faire de vagues." Le salaire leur permettait à peine de nourrir leur famille, tandis que les patrons s'enrichissaient davantage, puisque la main-d'œuvre était à prix réduit. Certains témoignages étaient poignants. Sur les vitrines de la plupart des commerces, des écriteaux, du genre : "Interdit aux chiens, aux étrangers". »

– Je comprends, dis-je en bougeant la tête en guise d'acquiescement.

– Rien de neuf sous le soleil, les bourreaux et les boucs émissaires transforment juste leurs noms une fois tous les dix ans, dit-il avec un réel détachement.

– Que pensez-vous du climat, de la pollution, des Gilets jaunes, la fin du monde, le nouvel ordre mondial, l'immigration de masse, la cupidité des passeurs, la théorie du complot, les attentats, les intégristes, le capitalisme, la mondialisation, la montée de la droite, la corruption de la gauche, les réseaux sociaux, le transhumanisme, le Covid, les reptiliens et les vidéos et commentaires qu'on peut apercevoir vaguement sur le Net ? demandai-je avec un demi-air de révolte.

– Du déjà-vu sous des formes diverses, insista-t-il le regard dans le vide, avant d'ajouter en regardant vers le haut : la vérité n'est que l'illusion que chacun se crée, un reflet de soi.

Après un court silence, il ajouta :

– Faut créer son monde, petit.

Puis il me fit un bras d'honneur et m'interrogea :

– Que vois-tu ?

– Un geste de protestation. Langage non verbal signifiant va te faire foutre.

– Pourtant, j'observais un bouton disposé sur le haut du majeur. Tu vois ce que je veux dire ?

Je n'étais pas certain de comprendre, mais restai muet afin de le laisser poursuivre.

Le voisinage

« Pour les voisins me voyant quotidiennement depuis un certain temps, ma mère, qui pour eux était ma tante, m'avait recueilli définitivement, puisque ma daronne fictive, sa sœur inventée de toutes pièces, avait succombé à la vie.

"Pauvre gamin", "la malheureuse", disaient les compatissants.

Dans l'immeuble, il y avait la boulimique, son mari maigre comme une tige, ses trois gosses. L'anorexique, la fille d'une mère célibataire dont l'époux était mort à la guerre. Lolo, dont on ne savait pas si c'était une fille ou un mec, pour les mesquins, le trans, le pédé, la tapette. Madame longues jambes, tête haute, pas de bonjour, de salut, de sourire, la hautaine comme dirait l'autre. Monsieur je-sais-tout, la grande gueule, qui se mêlait de tout. Le taciturne moustachu, son chien, poilu, grand, gros, gras, pas trop agressif, même sympa lors des caresses. La vieille avec ses chats qui passait son temps à guetter derrière son judas le moindre bruit ou pas. La célibataire bien roulée, celle qu'on montrait du doigt, mais que tous les maris rêvaient de caresser ne fût-ce que du bout des ongles. Le couple qui passait de l'amour à la haine d'une seconde à l'autre, des bruits de fracas aux beuglements orgasmiques d'une sauvagerie à faire bander n'importe quel puceau l'oreille collée au mur. Le beau mec, toujours bien sapé, une gonzesse différente par semaine. Le militaire de carrière, affichant uniforme, médailles. Le géant qui se faisait engueuler à longueur de journée par sa naine, 1 m 48, 50 kg toute mouillée. Le positif, transformant le noir en rosé. Le religieux, prière quotidienne, habit de cérémonie, prêchant la bonne parole à qui voulait l'entendre. Le politicard postillonnant sans arrêt des ci des ça. Le tocard, j'ignore pourquoi. L'alcoolique qui aurait même bu l'eau de ses poissons disaient les médisants. Le solitaire qui prenait quotidiennement une photographie posté au même endroit et les sons avec un magnéto datant de Gizeh. Le raciste qui passait des heures sur le palier à juger tout et n'importe quoi. Le bizarre marchant tête baissée, bipolaire ou schizo, d'après les dires, en tous cas il disait toujours bonjour, bonne nuit, bonsoir. Le bigleux, certainement dû aux lunettes. Le connard qui souriait jamais. Le truand selon les colporteurs. Le toc-toc, qui vérifiait tout, des serrures aux pas, à n'importe quoi.

Les familles, les étudiants cohabitant ensemble et les autres, n'étant certainement pas communs, mais n'affichant point leurs particularités. Ah oui, j'allais oublier, le sacré Zozo, qui passait toutes ses journées assis sur le perron, se balançant de haut en bas, baragouinant seul des heures entières. Les autres se moquaient à coups d'injures polies, de tapes dans le dos, d'allusions salaces. "T'es un sacré pervers, toi, mon Zozo", disaient-ils.

Lui se contentait de sourire, de se balancer de plus belle, intimidé par la foule. Pour ma part, je suis certain que derrière ce charabia se cachait autant de sagesse que dans n'importe quel livre saint. Mais bon ! Aux yeux de la majorité ce n'était que Zozo, le simple d'esprit, l'idiot du quartier, le fils à sa maman.

Pour l'historique des personnages, les quelques bribes que j'ai pu échanger, on y reviendra plus tard. Pour le reste, comme ailleurs, des tas de légendes collectives, des chimères personnelles sur l'un et l'autre. »

Ressusciter des fantômes

« Grand jour, mes premières heures de labeur : empiler des caisses contenant des récipients sur des palettes, les emballer afin qu'elles supportent le transport. Nous étions divisés selon nos tâches. L'équipe qui remplissait les récipients, celle qui se chargeait de les mettre dans des caisses, ceux qui transportaient les palettes chargées, et les transporteurs qui avaient le devoir de livrer la marchandise dans différents points de vente. Chaque service avait son chef d'atelier, chaque chef d'atelier avait son supérieur, et chaque supérieur obéissait à un chef suprême : celui qui détenait la plus grosse part du gâteau. Mis à part les ouvriers, les chefs, il y avait des investisseurs : des actionnaires ayant le droit de demander des comptes au chef suprême.

En tant que nouveau, j'étais l'attraction du moment, questionnement des uns, regard en coin de certains, politesse des plus chaleureux, ignorance des glaçons et pas de côté des frileux. Puis, il y a les silences qui en disent long, les choses qu'on ne dit pas, le murmure des faux jetons. Peu importe le comportement, tu es pesé, jugé, classé. Bref ! Tous mes collègues étaient des Alphas. Quand ils blasphémaient sur les Omégas, je devais me contenir. Comment pouvais-je devenir ami avec ce genre d'individus ? Ils m'inspiraient la médiocrité, sentaient l'ignorance à plein nez. Je masquais mes émotions, me détachais de leur bêtise. Point proche, ni distant, je restais là où était ma place sans faire de vagues. Je parlais avec tous, écoutais sans trop en dire. Avec le temps, je pus discerner la création de cercles, l'engendrement de conflits. Sous cette apparence d'entreprise unie se cachait la division. Une équipe pouvait aller jusqu'à créer des poignées de hordes. Au lieu de se battre afin de s'élever, ils s'abaissaient mutuellement.

J'aurais pu profiter de la situation en jouant les médiateurs, ou le messager des supérieurs. Mais la maxime inscrite sur la page de garde de mon premier carnet était gravée jusque dans mon ADN : “Ne rien voir, ne rien entendre, ne rien dire, à celui qui suit cette maxime, il ne peut arriver que du bien.”

En parlant de philosophie, à force de lire, j'appris des trucs intéressants, des récits dotés d'une bonté ancestrale donnant du courage, mais aussi de la saloperie. Des injustices, des lynchages, un tas de merde qui me brûlaient l'estomac, assombrissaient ma cervelle.

Maman disait que le passé était mort, qu'il fallait se contenter de vivre l'instant présent, en espérant que l'avenir soit meilleur, que la seule solution pour respirer en paix était d'oublier ce qui n'est plus. Celui qui vit dans ses souvenirs ne ferait que ressusciter des fantômes. Papa ajoutait que chaque peuple avait des raisons de se plaindre, que le seul remède ayant la vertu de guérir était le pardon. Si chacun se battait afin d'atténuer d'anciennes blessures que la plupart n'ont guère vécues, cela engendrerait des morcellements sans fin, des batailles à n'en plus finir. »

Après cette conclusion, il sortit un sachet de je ne sais où.

– Vous en voulez ?

– Qu'est-ce ?

– Ma faiblesse, mon vice, Snickers, M&M's.

– Avec plaisir.

– Quels sont vos préférés ?

– Les bleus.

– J'en étais sûr. Je suis certain qui si nous faisions une étude statistique approfondie, les bleus gagneraient haut la main. Quoiqu'en y réfléchissant, je me méfierais du succès des verts. Mais bon.

Puis, tout en grignotant gloutonnement comme un enfant, il se mit à chanter la gloire du Snickers. La tendresse du caramel, la saveur des cacahuètes, la grâce du chocolat et ainsi de suite jusqu'à la force visuelle de l'emballage. Manquerait plus qu'il en fasse un essai ou un poème épique.

– J'aime aussi les Mars et les Bounty, dit-il avant d'en revenir au récit.

Un petit bout de chemin

« Un an que mon existence était réglée au rythme du fuseau horaire enfermant la majorité. Un labeur, un horaire, des collègues, une équipe, un salaire, quelques heures de loisirs, un petit pécule d'avance. Je n'étais pas de ceux qui se divertissaient dans les bars. Les seuls moments d'évasion étaient des errances imaginaires en moi-même, dans les livres, les étoiles et au-delà des nuages les soirs d'illumination.

Passons les élucubrations célestes, revenons-en à la terre. Il y a des rencontres qui forgent le destin, créent des événements inattendus bouleversant l'existence à jamais. On s'en aperçoit bien des années plus tard.

Au labeur, Fante : un nouveau qui devait avoir plus ou moins mon âge. Il inspirait la crainte, la bonté à la fois, de taille moyenne, dégageait une certaine férocité. Ni laid ni beau, émanait de sa personne un charme naturel. Il parlait fort, n'était pas du genre timide. La peau foncée, due aux gènes passés, au climat, à l'environnement. Qui sait ?

Après avoir examiné la plupart des collègues, le sourire aux lèvres, il mit fin à nos regards en clignant de l'œil.

Pour ne pas paraître distant, ma réponse fut un léger rictus. Malgré le peu d'affinité que j'avais à l'égard d'autrui, la moquerie n'était pas mon genre.

En fin de journée, il me proposa de faire un bout de chemin en sa compagnie. À peine le temps de répondre qu'il s'imposa. Il m'apprit que ses ancêtres venaient du même pays que les miens. Il logeait dans un deux-pièces à quelques kilomètres du centre. Ses parents résidaient dans un petit village de dix mille habitants se trouvant à des centaines de kilomètres. Il me confia qu'il détestait le labeur, mais était dans l'obligation de le faire, car il subissait une peine pour avoir commis un délit mineur.

Après un assaut de paroles sans trêve, il me dit :

– Et toi, qui es-tu ?

– Quelqu'un de commun, dis-je sans conviction.

– Ce qui est certain, pas l'un des plus bavards. À demain, monsieur le mystérieux, dit-il avant d'emprunter une autre trajectoire. »

Une bonne dose de courage

« Cela faisait des semaines que nous faisions une partie de notre trajet ensemble. Il parlait toujours autant. Ce qui me permettait d'écouter sans trop en dire. “Un détour vers le centre, histoire de s'amuser un peu”, disait-il à plusieurs reprises. Intimidé, je refusais.

Au labeur, des tensions. La genèse, un sandwich. Quelqu'un s'était trompé de nourriture ou l'avait fait exprès. Résultat, du sang. Cette situation fit bien rire Fante, qui avait observé la querelle avec un réel détachement.

Quand je lui proposai enfin de faire un détour en ville, il me dit “pas possible, j'ai un rencard”. Déçu, je fis semblant de ne pas l'être. Et malgré la glace qui avait refroidi ma chaleur, je décidai de franchir le pas en sautant tête baissée dans le brasier. J'entrai dans le premier bouge qui se trouvait sur ma route. Des hommes, bavardant autour de boissons fumantes. Ça discutait sport, info, politique, religion. Mis à part le serveur prenant ma commande et quelques regards furtifs, personne ne me calculait. Je bus une boisson amère que je ne connaissais pas, quittai le lieu, perplexe.

Cette journée fut particulière, des êtres se battant comme des chiens pour un bout de pain, et des individus traînant la nuit pour débattre autour d'une tasse d'eau chaude aromatisée.

Quel monde étrange ! »

L'ombre de la lumière

« Quand Fante eut vent de mon périple, il s'éclata comme un fou, engendrant des crampes à n'en plus finir. “Ce soir, je vais te faire découvrir l'ombre de la lumière”, dit-il, un sourire moqueur au coin des lèvres. Au labeur, le sandwich n'avait pas encore été digéré. Ça se matait du coin de l'œil. Il n'y avait que pendant les rares visites du chef des lieux qu'ils dissimulaient leurs tensions.

Comme convenu, il m'emmena dans un lieu plus obscur que la veille. À première vue, ordinaire, mais derrière une porte cochère se cachait un autre univers. Il y avait des rythmes endiablés, des filles légèrement vêtues, ornées de bijoux, d'une grâce angélique, tout en subtilité, rien de vulgaire, de la fumée, de l'alcool sec et des gars dotés d'une allure particulière. Des dandys : chapeau, canne dotée de pommeaux originaux, costume taillé à la perfection, pompes admirablement cirées. Je dirais même qu'elles avaient été astiquées avec passion tellement elles brillaient. Certains étaient attablés, jouaient de l'argent aux cartes, d'autres causaient peinture, abstraction, littérature, il y en avait même qui improvisaient des chants, tapotaient le piano, grattaient la guitare, soufflaient dans le saxo, frôlaient le violon, frappaient la caisse. Solo, duo, trio, quatuor et tout à la fois. C'était la première fois que j'entendais ce genre de musique, de discours. Les seules mélodies que j'avais pu entendre étaient des chants patriotiques, des airs traditionnels du pays. Ici, il y avait des Omégas, des Alphas. Pauvres, riches, intellos, prolos, tous égaux au nom d'une idée : la légèreté.

Fante connaissait la plupart des gens. Ils rigolaient, criaient, chantaient, dansaient. Quand il me présentait, la timidité m'envahissait. Ils parlaient un argot que j'ignorais. Quand un sourire se dessinait sur le visage de mon interlocuteur, je l'imitais. Oui, je n'étais pas du genre tactile, à m'affirmer, crier. Par habitude, je me soustrayais, murmurais, me taisais. Pire, en cas d'anxiété, j'étais capable de me planquer. Bref !

Mon rythme avait changé, et ce genre de tempo n'était pas au goût de mes parents. Il y avait dans leur regard une lueur douteuse.

Les jours suivants, sans détour, je rentrais à la maison. Mon désir était d'apaiser les tensions. En vrai, qu'une envie : être dehors avec le reste de la bande. Boire jusqu'à la gaieté, fumer à en étouffer, écouter leurs histoires farfelues, entendre les éclats de rire suivant celles-ci, contempler le sourire des dames, admirer la géométrie de leur silhouette, savourer la subtilité de leurs conversations, tendre l'oreille au phrasé léger, lourd de sens, épier la finesse de leurs gestes, considérer la beauté de leur doigté, éplucher la sensualité des corps en mouvement, savourer l'énergie engendrée par la musique, peser le poids de leur prestance, accueillir la rage s'échappant de leurs hurlements, apprécier l'harmonie dissimulée au-delà du chaos, observer les joueurs, percevoir les cris de joie des gagnants, mesurer le fardeau des perdants. »

Un frisson de plaisir

« Vingt-cinq ans. J'ai bu de l'alcool à en être ivre, fumé jusqu'à la toux, hurlé des décennies de silence, dansé, ri comme un fou. La liberté, l'impression de voler. Pour combler le tout, la bande m'offrit la grâce de la volupté. Gigi, fleur du désert pour les intimes, demoiselle charmante, dotée d'une douceur exceptionnelle. Sa silhouette était géométriquement parfaite, des traits d'une symétrie à couper le souffle, la peau ébène chantant le refrain d'une sagesse ancestrale, des rubis en guise de pupilles et j'en passe. Si on m'avait dit que c'était une princesse ou une reine, je l'aurais cru sans hésiter. D'ailleurs, plus d'un peintre puisa ses imaginaires dans la grâce de Gigi, fleur du désert.

Mon unique souvenir en matière de volupté datait d'il y avait plusieurs années. Un jour où je ne m'y attendais pas, en touchant mon intimité, un frisson. Instinctivement, avec la main, des va-et-vient, de haut en bas. Mon serpent au repos souleva la tête fièrement ; quelques minutes de va-et-vient plus tard, un liquide visqueux sortit de la bouche de la vipère. Des secondes avant cet instant, une sensation intense de jouissance. Jamais, au grand jamais, une émotion similaire ne m'avait envahi.

Les cris bizarres que faisaient mes parents la nuit quand ils croyaient que je dormais prenaient sens. Mais, honteux de mon plaisir, par pudeur, mes voyages en solitaire s'envolèrent.

Il ne fallait pas être l'une des plus fines pour percevoir mes craintes. Gigi remarqua tout de suite mes lacunes, me dit d'un timbre de voix d'une bonté incroyable, "détends-toi, laisse-toi faire". Elle commença par chuchoter des choses agréables dans le creux de l'oreille, tout en caressant légèrement chaque partie de mon corps, me déshabilla, embrassa doucement ma chair. Mon serpent était fier, gardait la tête haute. Elle le prit en bouche, fit de légers va-et-vient. Parfois, elle le léchait tendrement. Puis, la tête soulevée comme jamais, le paradis. L'île mystérieuse, humide, accueillante, chaude. Quelques minutes plus tard, mon serpent cracha, baissa la tête. J'aurais voulu que notre union dure une éternité, mais l'idylle ne fut qu'une escale. Après ce voyage inoubliable, je ne pus m'empêcher de la questionner.

– Vous pourriez être n'importe qui, faire n'importe quoi, alors pourquoi ?

– Malgré les apparences, mon chou, je suis plus libre que la plupart de ceux qui crient leur liberté. Les artistes sont les esclaves du public, ne sont pas à l'abri de l'humeur des fanatiques, de la fourberie machiavélique du refrain médiatique. Je ne te parle même pas de celles qui ne discernent plus qui elles sont, égarées parmi les rôles. Les princesses, quant à elles, ne possèdent aucune liberté. Elles sont prisonnières dans une cage dorée. Tout est calculé pour ne point choquer les membres de leur caste, l'esprit étriqué du citoyen.

De leur discours, des époux, aux vêtements, à la coupe de cheveux, jusqu'à leur paire de pompes. Ceci est le fruit d'une troupe de conseillers. Les épouses, elles, bien souvent malheureuses, font semblant afin de préserver les apparences. Ne point quitter la route tracée d'avance. Personnellement, en tant que courtisane, je suis l'amante de tous et de personne. Je fais du bien, soulage et m'en vais au gré du vent. Je suis aussi soumise à certaines conditions, bien évidemment, dire le contraire serait mentir. Mais qui peut se vanter de n'être soumis à rien. L'ignorant, peut-être. Allez ! À bientôt, mon brave, finit-elle par dire avant de disparaître derrière un paravent.

Face au miroir, entre sourire et mystère, j'étais fier. "Enfin ! Je suis un homme", pensai-je.

Dépucelé, je bus, fumai, criai, dansai. Mon état d'ivresse fut si intense que la bande dut me transporter chez Fante. »

Envies de vomir

« En m'éveillant, un mal de crâne atroce, comme si quelqu'un tapait à l'intérieur. Les souvenirs de la veille s'étaient pratiquement volatilisés. Il ne restait que de vagues images brumeuses traînant dans un coin de ma cervelle. Un brouillon sombre quémandant une once de clarté. Ce matin-là, le manque de force m'empêcha de faire quoi que ce soit.

Chez moi, la demeure était vide. J'avais des maux de tête suivis de nausées, ne ressentais qu'un désir : vomir. Cela diminua les nausées, n'atténua pas la douleur. Le gars coincé dans la boîte crânienne continuait de taper, le salaud. La position couchée faisait resurgir mes envies de régurgiter. Le corps en sueur, les yeux cernés, les traits tirés, la face livide. "Plus jamais d'alcool", pensai-je.

Quand Papa me réveilla, j'étais sur le sol, comme une serpillière fripée, sans forme.

– Bon anniversaire, dit-il avec le sourire.

– Tu ne m'en veux pas ? demandai-je avec un air d'enfant battu.

– À chaque fois que tu sors, j'ai peur. Mais tu ne dois pas être la victime de mes craintes. Ceci ne serait qu'égoïsme. Malgré notre situation, je ne t'ai pas offert la vie pour te la refuser. Je sais qu'il faut que tu éprouves une multitude d'expériences avant de pouvoir discerner lesquelles sont bonnes ou mauvaises pour toi. Bien entendu, ne t'attends pas à ce genre d'accueil de la part de ta mère. Elle n'a pas dormi de la nuit. Si je ne l'avais pas convaincue de se rendre au labeur, elle serait restée là à t'attendre. Elle m'a obligé à faire la ronde toute la nuit. Elle va certainement te crier dessus comme jamais. Ne t'inquiète pas, ceci ne sera que le reflet de son anxiété.

Ses paroles paraissaient si justes que je ne pus qu'acquiescer, tête baissée.

En m'éveillant, voir Maman en pleine préparation fut une surprise. Cette sacrée boulette en sauce, somptueuse, fondante, légère, j'adorais y tremper mon pain tout en grignotant un carré de fromage croquant sous la dent. Je vous parle même pas des féculents accompagnant la chair. Succulent. Bref ! Elle servit le repas, comme s'il ne s'était rien passé, se tut jusqu'à ce que les plats soient vides.

Suite aux politesses, les louanges d'une morale ancestrale, l'alcool, la cigarette, les filles, la nuit, les bars, la drogue, les amis. Ça pue les ennuis.

Après m'être purifié des traces odorantes de la veille, leur cadeau : une montre en or de toute beauté. Présent anodin, concret, abstrait, unique, commun. Ceci reflétait bien l'esprit opposé de mes parents.

“Le temps : certains pensent qu’il n’existe pas, tandis que d’autres lui consacrent toute leur existence.”

Après la distribution du cadeau, Maman revint avec un gâteau orné de deux bougies.

Ce soir-là, j’avais soufflé en espérant m’élever au-delà de ma condition.

Papa, qui n’avait pas fait de grand discours jusque-là, prit la parole.

– Méfie-toi de l’alcool, fiston, cette substance pourrait te faire parler. Elle a le pouvoir de tourmenter les esprits jusqu’à la folie. N’accorde ta confiance à personne. Au bord de la falaise, c’est celui posté à tes côtés qui t’y poussera. Je sais que tu n’as pas l’habitude d’entendre ce genre de métaphore de ma part, mais celle-ci me paraissait si claire que mes mots n’auraient pu que l’obscurcir, finit-il par dire en clignant de l’œil. »

L'assiette des gourmands

« Le lendemain, les excuses envers mon supérieur étaient de mise. Il me remercia de la franchise, m'excusa. "J'aime votre honnêteté. Ne changez pas", dit-il.

Ce soir-là, nous retrouvions la bande. S, le gentil, costaud. M, le taiseux, timide, qui pouvait exploser de rage quand il avait trop bu. G, celui qui se mêle de tout, la grande gueule. M, le bagarreur, l'impulsif. F, le poète, mi-ange, mi-démon. X, la fouine, le fourbe, et quelques membres passagers disparaissant parfois soudainement.

Nous étions chez M, qui vivait seul dans un deux-pièces. Il y avait des bouteilles d'alcool, des miettes, des cendriers à moitié pleins. Nous discutions de tout, de rien, jusqu'à ce que Fante, légèrement ivre, prenne la parole.

– Bande de moutons, n'avez-vous pas honte de rire ? Vous n'êtes que des bêtes à la merci de vos maîtres. Demain matin, vous retournerez brouter aux prés, jusqu'à ce que le berger décide de sacrifier votre chair. N'en avez-vous pas assez d'être les victimes du marché à bestiaux ? Insignifiant, telle une bête de plus finissant dans l'assiette des gourmands. Il est temps de vous éveiller, un jour il sera trop tard. Reprenons ce qui nous appartient, appauvrissons les riches, enrichissons les pauvres. Reprendre ce qui nous est dû n'est que justice. Que celui qui ne veut plus être un mouton lève la main, crie haut et fort sa liberté.

Toute la bande se mit à crier comme des possédés. Le mouvement fut si puissant qu'il m'emporta. Quand l'euphorie se dissipa, Fante reprit.

– La liberté. Combien d'entre vous seront capables de la vivre pleinement ? En quittant le pré, vous deviendrez l'ennemi du berger. Sachez aussi qu'en désobéissant aux lois instaurées par vos maîtres, vous risquez l'emprisonnement. Êtes-vous encore prêts à crier ? Ou êtes-vous destinés à rester des bêtes ? »

Une minuscule brindille

« Fante avait un plan. Braquer notre patron. Il avait une source fiable à l'intérieur, disait-il. Quand un de la bande coupa son phrasé, il se mit en colère : "Que celui qui doute de ma parole déguerpisse sur le champ." Quand le silence revint, il reprit en nous exposant la mise en scène. Le plan frôlait la perfection. Il avait pensé à tout. Il était en transe, tel un artiste dévoilant ses esquisses.

Un peu plus tard, je dus lui avouer mon impossibilité de le suivre et nous nous séparâmes, sourire aux lèvres, clin d'œil et tape dans le dos.

"Voler celui qui me paie ne serait qu'un acte de traîtrise", pensai-je.

La bande s'éloignait, poliment mais sûrement.

Je retournai dans mon monde, retrouvai mes effets favoris : mon télescope, mes jumelles, mon carnet, mes livres.

Le comportement d'autrui m'attristait. Potes pour la vie. Tu parles. Il avait suffi d'un "non" pour que la promesse s'évapore. »

Un homme machine, une créature

« Quelques semaines plus tard, une brigade vint interroger tout le personnel de l'usine, un par un.

Les gars me charriaient. Il y en a même qui me menaçaient : "Si tu parles, on te crève, petite pute." Il n'y avait que Fante qui était resté fidèle à lui-même. Les autres exposaient leur butin, se la jouaient gangster de haut vol.

Le soir, je priais, méditais, écrivais, lisais, observais les cieux.

Le boulot m'oppressait. L'impression d'être une caricature : une créature, un homme machine. De plus, l'ambiance était morose. Des délations, des injures sur les murs, des vols, et plein d'autres occasions d'engendrer des guérillas entre collègues. Ça puait la compétition. Ils s'écrasaient les uns les autres. Les manifs organisées par les syndicats n'étaient que des excuses afin d'exposer leur animosité au grand jour. La réalité, les syndiqués avaient des avantages lors de démissions ou de renvois. Chacun pour sa gamelle. Le reste, de la rhétorique. Je me sentais tel un citron pressé de toute part.

Ennemi des patrons, ennemi des collègues, ennemi des syndiqués.

“Dans un monde régi par les idées, le silencieux est dangereux.” »

Un client de passage

« Je fêtai mes vingt-six ans avec Gigi, la demoiselle qui m'avait ouvert la porte de l'empire des sens un an plus tôt. J'avais gagné en confiance. Pendant cette année, j'avais fréquenté quelques dames de ce genre, acquis une certaine résistance, appris diverses techniques, expérimenté plusieurs positions, trouvé quelques points sensibles engendrant du plaisir chez la partenaire.

Elle fit semblant de me reconnaître, mais c'était faux. Un ivrogne de passage comme les autres, voilà ce que j'étais.

En rentrant dans ma demeure, vidé, déçu, mes parents m'accueillirent dans l'obscurité, un gâteau à la main, orné d'une bougie offrant une lueur de clarté.

– Fais un vœu. »

Semer la mort

« Travail, monnaie. Pour le reste, néant. Cela me rappelait une phrase aperçue dans mon livre de chevet : “Aucune terre, aussi fertile soit-elle, n’engendrera de l’argent.” Preuve incontestable que cette invention ne crée qu’une illusion. Travailler uniquement pour les billets, c’est comme semer la mort. Et mon désir n’était pas de mourir, mais de vivre.

Occulter ma nature amoindrissait ma créativité, me poussait à devenir une créature quelconque, similaire à toutes les autres.

Le trajet vers l’usine me donnait la boule au ventre. L’hypocrisie qu’il y avait dans l’air me dégoûtait. J’effectuais les tâches journalières sans conviction, n’écoutais pas les bavardages d’autrui. Même l’humour de Fante commençait à m’exaspérer. Quand je croisais l’un des gars, je détournais le regard en traçant la route.

Les promenades dans la nature me faisaient découvrir des parfums, bien supérieurs à la puanteur des rues. Des heures assis sur un banc à contempler l’horizon. Toutes ces minutes de silence m’ont appris que les mots n’étaient que du bruit engendré dans le but de masquer l'ignorance. Les arbres me fascinaient. Ils symbolisaient le dicton gravé sur la page de garde de mon premier carnet : "Ne rien voir, ne rien entendre, ne rien dire." En me délectant de la saveur d'une pêche croquante et juteuse à la fois, je pensais à lui, l'arbuste, celui qui résistait aux vents des saisons, faisait le don de sa récolte gratuitement avec un réel détachement. Face à lui, j'étais médiocre. Un coup de vent suffirait à me détruire, et pour ce qui est de mes fruits, inexistants. Tout ce que je fais, donner mon corps à un employeur, élargir son patrimoine, ratisser son jardin, arrondir sa bedaine.

Un jour, au hasard, le couperet est tombé. La source de Fante pour le coup, le patron. Avec cette combine, il avait touché de l'assurance, pris un pourcentage pour le tuyau. Mon ingénuité avait embelli la vérité. Ce gars était trop faux pour être vrai. Triste affaire, les supérieurs hiérarchiques étaient aussi médiocres que leurs employés. Dégoûté, je quittai le lieu sur-le-champ.

Des mois errant dans les prés, un carnet à la main en compagnie de mes auteurs favoris. Il y avait des jours où je remplissais des pages entières, d'autres où aucun mot ne sortait de ma plume. Bien souvent, la solitude m'incitait à la poésie. Le sens de certains vers m'échappe encore aujourd'hui.

Les gars étaient tous tombés. Fante avait pris le max, à cause de sa conditionnelle. Il paraîtrait même qu'afin d'alléger leurs peines, certains avaient bavé.

Après des nuits d'introspection intense, à la recherche de soi, en quête de moi, ma passion resurgissait de plus belle. Mon objectif était de réaliser des œuvres, qui élèveraient la conscience, tout en rabaissant les vices.

Construire des contrées imaginaires où régnait la paix. Divertir en cultivant, unir la diversité, transformer le chaos, engendrer l'harmonie, créer le paradis. Pour combattre la médiocrité, démontrer la grandeur, l'art était le meilleur des remèdes. »

– Il y a aussi des œuvres destinées à construire, qui finalement ont détruit bien plus qu'il n'en faut, consciemment ou pas, ne puis-je m'empêcher d'ajouter.

– Exact, se contenta-t-il de répondre. On y reviendra, d'ailleurs.

Ni sur la forme ni sur le fond

« Vingt-sept ans et des poussières, première esquisse. En la qualifiant d'adjectifs flatteurs, mes parents l'approuvèrent. Maman fit quand même une légère critique : purifier le texte, alléger le contenu. Mon orgueil avait dû admettre la justesse de son raisonnement. Il y avait trop de mots, beaucoup de répétitions.

Des mois pour dépasser les doutes, envoyer le manuscrit. En attendant la réponse, mon encre coulait comme jamais. Mon esprit était si éveillé que plusieurs projets m'occupaient. Quand mon inspiration tarissait pour l'un, elle jaillissait pour d'autres. Après trois mois de labeur rythmé selon mon humeur, une poignée de carnets étaient remplis d'histoires en devenir. Plus j'écrivais, davantage ma cadence s'accélérait.

La réponse arriva :

"Monsieur, nous avons bien reçu votre manuscrit : *Quand le bleu de la nuit rencontre l'or du jour.*

Nous l'avons lu avec attention, et il nous a semblé qu'il ne correspondait pas à nos choix éditoriaux. En conséquence, nous ne pouvons pas en envisager la publication.

Nous vous remercions de la confiance que vous nous avez témoignée et regrettons de ne pas donner suite à votre attente.

Nous vous prions d'agréer, Monsieur, l'expression de nos sentiments respectueux.

Le service éditorial."

Un an plus tard, des dizaines de refus d'autres maisons. »

Noble communauté

« Trente ans. Le passé resurgissait. Une enveloppe timbrée, une lettre signée, cachetée du sceau emblématique de l'Alpha.

Très tôt le matin, nous arrivâmes devant le lieu de la convocation : un bâtiment terne, rectangulaire, visant les hauteurs. Pour ne pas attirer l'attention, Papa portait des lunettes, s'était muni d'une casquette dissimulant une bonne partie du front. Il y avait deux gardes, l'air sérieux, distant, se tenant devant la porte principale. Malgré l'étoffe de mon plus beau sourire, les colosses restèrent de marbre. Question de déontologie, certainement. Une jeune femme n'ayant pas plus de mon âge m'accueillit à la réception, tout aussi froidement que les géants. "Bonjour. Papiers d'identité et la lettre reçue S.V.P." Après avoir examiné ceux-ci, elle me dirigea vers une salle bondée. Dans les trois quarts des regards, l'angoisse. Sur une multitude de faces, il y avait gravé les traces d'anciennes douleurs : cicatrices marquant leur peau à jamais.

Deux heures plus tard, un petit moustachu, vêtu d'un complet sombre, arborant un air sévère, s'exprimant d'un ton froid, m'attendait. Comme la bonne femme tout à l'heure, il prit mes documents. Ce petit être glacial me traitait comme un suspect, me posa un tas de questions, ausculta ma paume. "Tout cela m'a l'air d'être guéri", dit-il d'un air satisfait. Puis, tranquille, il me tendit un bout de papier, sur lequel était notée une adresse, un lieu, une date, un nom, une heure. »

Une mer agitée

« Maman en fut anéantie, révoltée. Elle qui maniait les mots avec brio employait un jargon digne des bas-fonds.

Quand elle s'endormit, Papa vint chuchoter à mon chevet.

“La guerre, c'est l'horreur. Dans les tranchées ce n'est pas aussi romantique que dans la littérature, tu sais. Ça pue la vermine, sent la mort à plein nez. Tu survis entre les cadavres. Si tu ne tues point, tu as de grandes chances d'être tué. Et cela peut être une chance dans bien des cas, car si l'ennemi t'attrape, il te torture jusqu'à la mort, ou t'emprisonne dans des camps en tant qu'esclave. Je n'ai pas de mots assez forts pour te décrire le chaos psychique engendré par l'horreur. Nul être ne peut en sortir indemne. Une fois vécue, cette saloperie reste en toi à jamais, comme l'ombre suivant tes pas à même le sol. Même les collègues de régiment te trouveront des différences : traits physiques, couleur de peau, tendance religieuse, superstition, parti politique, choix artistique et un tas de trucs inventés qui divisent au lieu d'unir. Pour se battre, l'humain a une flopée de pronoms ou de verbes adéquats. C'est son talent. Nous, on n'est pas comme vous, moi je suis comme ça, toi, tu es comme lui, lui comme eux, etc."

La peur m'étouffait, tandis que la curiosité m'allégeait. C'était probablement l'occasion de faire mes preuves sur le terrain. Tester ma capacité de survivre à l'effroi. Les plus belles choses ne jaillissent-elles pas quand on sort du pire ? L'accouchement est une douleur, pourtant, ce que l'enfant est beau. Peut-être que cette épreuve me permettra d'être publié, lu, reconnu. D'ailleurs, les plus belles œuvres sont celles rédigées pendant, ou après la guerre. Cela me rappelle une phrase inscrite dans mon livre de chevet : "Il faut se laisser couler jusqu'au fond de l'océan pour atteindre les profondeurs." Ce livre résumait chaque étape de mon existence, répondait à la plupart de mes interrogations. »

Ingratitude

« Quelques refus de plus de la part des éditeurs. Des lettres types du même acabit. Cela me convainquit davantage d'abandonner ma passion, de partir sans regret vers l'inconnu.

Les êtres m'inspiraient la médiocrité, le labeur m'écœurait, la littérature m'ignorait, ma demeure m'étouffait. Trop de temps gâché à ne pas vivre, assez des livres, des cieux, des Alphas, des Omégas, des divisions éphémères à tout va. Mon seul désir était de disparaître. Retourner à la source de ma genèse, le ventre de ma nourricière. »

Compatriote

« À l'heure convenue, un inconnu tout aussi charmant que les précédents m'accueillit, me dévisagea, tout en m'inspectant de la tête aux pieds. Ma blessure avait cicatrisé, je ne risquais plus rien de ce côté-là, pour le reste, parfait.

Dans une autre pièce, un gars m'attendait. Sa tâche : expliquer le pourquoi, le comment. À quelques frontières d'ici, les Alphas étaient oppressés par des Omégas peu scrupuleux, avaient dû soumettre leur patrimoine. Mon rôle, les libérer. Agir, ne pas réfléchir.

C'est fou que des inconnus aient le pouvoir de changer ta vie, comme ça d'un coup de tête, pour une vulgaire paperasse.

Qu'avais-je vraiment à voir avec tout cela ?

Un jour, lors d'une réunion, des gars dans un bureau avaient décidé d'attaquer une contrée, que tu connais de nom et encore. Alors, pour ce faire, ils appellèrent d'autres gars pour la sale besogne. Et toi, comme tu étais né sur ce territoire, en bonne santé, au nom du drapeau ou de je ne sais quoi, tu avais le devoir d'obéir, de foncer, de la fermer. Si jamais tu parlais, traîtrise, prison ou pire dans bien des cas. Rien à foutre de ton temps, de ta famille, de ta passion. Allez, va tuer, mon pote. Si tu revenais indemne, t'avais une médaille, peut-être même une pension pour blessure, ou une somme mensuelle pour Madame en cas de décès. Qui sait ?

J'avais juste envie de lui dire, au gars : "Franchement, regarde, tu ne vois pas l'erreur ? Je n'ai certainement pas le physique d'un héros, de plus, les armes les plus dangereuses que j'ai pu manier sont ma fourchette et mon couteau pour déguster les plats délicieux de ma mère. Tu vois le genre ?" »

Malgré le tragique, nous riâmes. Puis, comme par magie, il me sortit un Bounty.

En promenade

« En taule, réglé comme une horloge. Un retard, le chaos. Les détenus criaient, s'injuriaient. Les gardiens ouvraient, fermaient les sas, les portes, les gueules et tout ce qui s'ouvre, se referme. Malgré l'âge, le statut, la taille, la répute, le poids du prévenu, les véritables tauliers, ce sont les gardes. "Oui, chef, non, chef, O.K., chef." Tout était multiplié par cent : le bruit, la violence, la pourriture, la crasse, le vice, la tristesse, la solitude, en particulier l'ignorance. Les trois quarts de ces gars savaient à peine lire et écrire. Tout le monde était sur la défensive, ce qui augmentait le taux d'agressivité. La pudeur, n'en parlons pas. On se chiait les uns sur les autres, côte à côte. Notre merde individuelle était devenue commune par la force des choses.

Dans la cour étroite, tels des poissons dans l'aquarium, ça tournait en rond. Il y avait différents attroupements solidaires, quelques solitaires. Comme à l'usine, des clans. La plupart de ceux qui croisaient mon regard m'observaient d'un air menaçant. Un individu pas très grand, ni mince, ni gros, l'œil droit légèrement fermé, regard inquiétant, cicatrice à la joue, cheveux coiffés en arrière, la cinquantaine, s'approcha silencieusement, me tendit la main. “Respect pour votre courage, si vous avez un quelconque souci n’hésitez pas, moi c’est Sonny”, dit-il avant de rejoindre sa troupe. Cet individu inspirait le respect ou une certaine crainte. Depuis cette poignée de main, certains détenus prenaient un ton plus cordial, limite lèche-cul.

Sonny était considéré comme le boss. Il détenait le pouvoir à l’intérieur de ces murs, contrôlait un marché gigantesque se trouvant à l’extérieur. Il y a dix ans, accusé d’avoir commandité plusieurs homicides, il fut condamné à trente ans. Au lieu que cela l’affaiblisse, ceci augmenta le poids de son aura. Ici comme à l’extérieur, tout s’achète, se vend. Entre les barreaux, une économie parallèle. Alcool, drogue, cigarettes, magazines, nourriture, savon, dentifrice, tout se paie. Ceux qui n’avaient pas d’argent pouvaient travailler au salaire minimum, en effectuant des tâches au service de l’établissement. Travail à la chaîne, corvées ménagères, distribution des repas.

La drogue, c’est derrière ces murs que je l’avais vue de près. Selon un calcul approximatif de ma part, ce commerce rapportait des bénéfices importants. Il y avait des gars qui se shootaient à la brune, des mecs accros aux médocs, des fumeurs de verdure, des lascars sniffant de la blanche. Mon codétenu, James, ne consommait pas de dope augmentant l’agressivité. Il fumait des pétards, ce qui rougissait ses yeux, le rendait flemmard. D’après ses dires, il préférait le shit un peu gras, mou, qui colle aux doigts, que l’herbe. “Sens-moi ça, mon pote”, disait-il en crachant la fumée en direction de mes narines. Chacun avait son petit truc pour s’évader un peu, tenir le coup. Pour certains c'était la muscu, la branlette, les bouquins, le sport, l'étude, pour d'autres la violence, la came, les combines, le racket. Comme partout, il y avait les dominants, les dominés, les chasseurs, les proies. Le seul truc, pas d'espace pour la fuite. Tous coincés dans le même bateau. Je ne parle même pas de l'arrogance de ces putains de gardiens. Donne un uniforme à un couillon une saison, il se prendra pour quelqu'un le temps d'un été.

La prison, l'humanité en concentré. Le monde en canette. Pour le reste, j'ai vu des trucs à faire gerber. Des gars se foutre en l'air pour une insulte, le nom d'un quartier, le blase d'un gang, un regard de travers, une bousculade, se faire racketter ou frapper pour une clope, une paire de pompes, du papier chiotte, et d'autres trucs banals qui prennent de l'importance. Le machin le plus moche, le mec rentré pour homicide involontaire, disons même légitime défense. Époux, honnête travailleur, père de mômes. Ici, il avait voulu jouer les dealers, le toxico, un truc du genre. Résultat, poignardé par son compagnon de cellule à coups de crayon dans la gorge, jusqu'à ce que mort s'ensuive. Malgré ça, il y avait des bons moments, des matchs de foot ou de basket incroyables, des parties de cartes interminables, des fous rires et discussions improbables. Des affinités créant l'amitié, des opinions engendrant l'union, des moments dignes des plus grands romans. Des personnages hauts en couleur, des figurants attachants. Bref ! Ici comme ailleurs se jouait la comédie dramatique. Celle de la vie. La vraie. Et question sexe, le poids du manque était si lourd que même un loubard en string faisait bander et taire les plus difficiles.

Tu pouvais surprendre plus d'un macho dans la piaule de Rodrigo. »

– Excusez mon ignorance. Je ne comprends plus rien à votre récit, dis-je. Vous parliez de guerre. Et là, comme si vous passiez du coq à l'âne, c'est la prison, dont d'ailleurs je ne connais pas la raison.

– Zapper, n'est-ce pas le quotidien de notre époque, affirma-t-il en riant. Patience. Patience.

– Si vous le dites, répondis-je.

Lisant un certain mépris sur mon visage, il me dit :

– Ne prenez pas la mouche, je ne m'exclus nullement de votre génération. Tant que je serai vivant, j'en ferai partie. Ce n'était qu'ironie de ma part.

J'adore les fous

« Un jour dans la cour, j'avais approché Sonny, le boss. La meute qui l'entourait s'est aussitôt mise en mode défense. Les plus agressifs étaient prêts à me sauter au cou. Alors, l'air légèrement autoritaire, il m'avait pris à part.

– Désolé pour l'agressivité, obligé.

– J'ai quelque chose à vous demander.

– Je t'en prie.

– Serait-ce possible d'avoir de quoi écrire ? La direction s'y refuse.

– C'est comme si c'était fait.

– Puis-je vous poser une question ?

– Je t'en prie, l'ami.

– Pourquoi m'avez-vous serré la main, l'autre jour ?

– Tu n'es pas comme les autres.

– Je ne comprends pas, lui dis-je, surpris.

– Y a rien à comprendre, je sais, c'est tout.

– Qu'est-ce que je vous dois pour le service ? demandai-je le plus naïvement du monde.

– J'y réfléchirai, dit-il en partant.

Le soir même, c'est le gardien que je ne pouvais pas saquer qui m'apporta le matos.

À la promenade suivante, les remerciements étaient de mise.

– Ce n'est rien, dit-il sans rien laisser paraître. Dis-moi, l'ami, je sais que tu n'as pas de quoi te payer le grand luxe, pourtant, ce n'est pas de l'argent, un travail, ou des provisions que tu as demandés, mais de quoi écrire. Je présume que tes écrits ont pour toi une grande valeur.

– Vous devez certainement me prendre pour un fou, dis-je sans conviction.

– J'adore les fous. Les gens normaux me paraissent si ennuyeux. Et puis, les plus grands mystères dépassent la raison, dit-il l'air rêveur.

– Je hais les idées et les mots. Pourtant, écrire, c'est poser des mots, afin d'y engendrer des idées.

– Je comprends. Moi non plus, je n'aime pas la violence, mais parfois. Enfin ! Pourquoi cette haine des mots et des idées ?

– Parce que ceux-ci divisent au lieu d'unir.

– J'accuserais plus volontiers le temps, dit-il en attendant une réponse.

– Pourquoi le temps, non pas les êtres eux-mêmes ?

– Parce que le temps a le pouvoir de corrompre, l'ami. D'ailleurs, le destin d'un fruit n'est-il point de pourrir ?

Aujourd'hui, tu écris un bouquin qui passe inaperçu. Puis un jour comme ça au hasard un inconnu tombe dessus, l'adore, le prête à d'autres, qui se le prêtent, ainsi de suite, jusqu'à ce qu'il fasse du bruit. De fil en aiguille, le livre a pris de l'importance. Il y a même des adeptes qui vivent selon ses préceptes. Évidemment, quand l'euphorie engendrée par la nouveauté s'estompera, ça engendrera une fragmentation. Fanatiques, puristes, révisionnistes, laxistes, conservateurs, progressistes et ainsi de suite se battront pour un mot, une phrase, un lieu, un personnage. Et là, on en vient à ton raisonnement de départ, l'œuvre écrite dans le but d'unir la diversité, afin que l'harmonie soit, est devenue un livre maudit, divisant l'unité en créant le chaos. Qu'est-ce que tu en penses ? dit-il, satisfait par l'écho de son argumentation. »

Les gentils

« De fil en aiguille, une amitié naissait, engendrant des confidences.

Seize ans, il s'était retrouvé sur les champs de bataille. Pas le choix, tuer ou être tué. Sur le terrain, les pires bassesses : lynchages d'une brutalité extrême, viols collectifs d'épouses et de jeunes héritières face au regard ensanglanté de leur patriarche impuissant, beuveries inimaginables, et shoots de drogues diverses donnant du courage aux plus peureux.

"À l'adolescence on croit qu'on sait tout. Pour éblouir les aînés, je suis parti à la guerre comme volontaire, avec la conviction profonde que j'agissais en héros. Il était de mon devoir de combattre l'ennemi. Le gentil face au méchant. Tu parles ! En vérité, j'ai tué des gens comme moi, de pauvres innocents perdus en quête de gratitude. Je croyais combattre le mal, et n'ai fait que l'accroître. Quand j'ai pris conscience de l'ignorance, trop tard, j'étais en plein dans les tranchées. J'ai vu des corps déchiquetés, des membres mutilés, des cadavres par centaines, remplissant les fosses creusées de nos mains, je ne te parle même pas de l'odeur. À chaque fois, j'avais la ferme impression de creuser ma tombe. Le pire, le chaos engendre des liens, crée des amitiés. Ce qui amplifie la tragédie, car à chaque seconde, ton meilleur ami a de fortes probabilités de disparaître.

Une chimère avait changé mon destin à jamais, l'ami. Les véritables raisons de cette guerre étaient purement économiques. J'étais de la chair à canon. Un morceau de viande sacrifié sur l'autel de la guerre. Tout ça au nom de la paix. Les gentils auxquels je croyais appartenir n'étaient pas si gentils. En vrai, c'était nous les méchants. Les hauts dirigeants de ma contrée, que je considérais comme ma patrie, s'étaient mis en tête de conquérir les richesses de pays lointains. Appauvrir une terre fertile, enrichir la leur. Affaiblir un peuple pour renforcer la fortune d'une minorité. Les gentils pillaient, exploitaient, importaient, exportaient. Cela avait créé un véritable marché, une économie souterraine : matières premières, armes, prostitution, alcool, drogues, alimentation, textiles et j'en passe. Les habitants de leur propre contrée étaient les esclaves des gentils. De la main-d'œuvre pas chère pour les chanceux. Évidemment, la plupart étaient forcés, n'étaient pas payés. Et pour masquer, les gentils avaient fait semblant de faire du bien.

Ils avaient modestement offert leur savoir, religieux, scolaire, en ouvrant quelques écoles piteuses, apporté leurs soins pour le grand bien de tous, en créant des associations sans but lucratif, disaient-ils. Une fois les poches pleines, la panse bien remplie, les gentils avaient quitté la contrée pillée, laissé les ventres vides se battre entre eux pour les miettes qui restaient. Dans certaines contrées, ils se battaient encore.

T'imagines le culot, ces mecs-là osaient m'accuser d'être un monstre. Ce n'est pas mes crimes qu'ils punissaient, mais ma condition. Si j'avais été l'un d'eux, mes actes n'auraient été qu'un labeur légitime, j'aurais même été anobli pour ma loyauté. Tu sais, l'ami, la plupart des gars que j'ai soi-disant fait disparaître, de la pire vermine. Des gars sans scrupule, des petites balances jouant sur les deux tableaux. Ils commettaient les pires crimes, mais comme ils balançaient des informations à nos chers gentils, la justice fermait impunément les yeux. Je te parle même pas de tous ces lâches, que j'ai surpris en train de violer des gamines tapinant pour leur compte, dealer de la came, recruter des victimes, se faire exploser au nom d'une cause illusoire ou une autre. Si je te disais où ils sont en ce moment, tu en vomirais, mon pote. La politique, la rhétorique, la polémique, une bataille de triques l'ami, de la bouffe destinée aux cochons. De droite à gauche, ils créent le grand jeu, engendrent des idoles, puis les tuent, créant des symboles. Cruel, n'est-ce pas ? Ceux qui sont encore dans leur cage diraient nihiliste ou machiavélique. Compliquer ce qui est simple tue le temps.

Et toi, raconte." »

La montre

« Je me souviendrai toujours de l'heure exacte affichée sur la montre offerte par mes parents le soir de l'événement. Ce truc est gravé. 20 h 45.

En planque dans une bicoque délabrée, j'écrivais je ne sais quelles conneries pendant que les frères me charriaient. Soudain, l'appel de la vessie. Je m'étais éloigné et, à peine le temps de sortir une gouttelette de la tuyauterie, un gars de l'autre armée avait débarqué furtivement, m'avait flingué.

Avant que je réalise, lui pareil certainement, j'étais vivant, rien qu'un peu de sang qui coulait à peine d'où la balle était entrée. Pourtant, il ne m'avait pas raté, l'enfoiré.

Malgré la différence d'uniforme, la peur palpable dans nos regards, j'avais décidé de le laisser filer, il paraissait jeune, pas méchant, juste un type comme les autres, enrôlé dans un combat qui ne lui appartenait pas. "Obéir, ne pas réfléchir." J'ignore si c'était le pardon qui l'avait rebuté. Suite à un bref échange de regards chargé de mystère, il s'était retourné pour repartir d'où il venait. Mais pas de bol, un acolyte, témoin de la scène, n'avait pas hésité, pas une seconde, il avait tiré plusieurs fois dans le dos jusqu'à ce que mort s'ensuive. Il avait appelé les autres pour l'achever à coups de crosse alors qu'il était déjà passé outre-tombe. Les gars m'avaient balancé, traité comme le pire des couillons. Tribunal de guerre, traîtrise, autre sentence du genre virant à la bêtise.

Ah oui ! Le miracle. C'est le livre de chevet que je gardais toujours dans la poche qui m'avait sauvé, l'épaisseur de l'œuvre avait freiné la balle.

Pour le reste, pas de discours.

Vous connaissez. »

Les lionnes

« Notre complicité commençait à gêner.

– Ne t'inquiète pas, l'ami, elles ont juste peur de perdre l'attention du lion, ce qui les rend jalouses. Ceux qui croient qu'être le boss c'est la liberté n'ont rien compris. Le pouvoir ne libère pas, mais emprisonne. Tu sais pourquoi je suis devenu un boss ?

– Je m'en doute, dis-je sans conviction.

– Je suis le boss, parce que je leur ai dit que je l'étais. Et à force de le leur dire, ils ont fini par le croire. Un mensonge constamment répété devient une vérité, dit-il en riant.

– Je suppose qu'il y a aussi des faits prouvant que vous méritiez votre statut.

– Certainement, dit-il en souriant discrètement, afin de ne pas énerver davantage les lionnes.

– Puis-je vous poser une question un tant soit peu délicate ?

– Je t'en prie, l'ami.

– Je vous ai aperçu à plusieurs reprises discuter avec des Omégas et cela sans agressivité. Au contraire, vous paraissiez même bien vous entendre.

– Pourquoi cela t'étonne ?

– Sauf par obligation commune, c'est rare que des Alphas et Omégas se fréquentent. Dans certaines villes, il est même interdit qu'ils s'assoient côte à côte. Rien qu'à deux pas de ma rue, il y a des bars et magasins qui refusent l'entrée à l'autre communauté.

– Pour ma part Alpha et Oméga, je n'en ai rien à carrer. Tout cela est destiné aux ignorants qui tournent en rond, les cons qui répètent les refrains d'antan. Dans les affaires, l'argent de l'un ou l'autre, c'est pareil. Et pour ce qui est des connards, il y a autant d'Alphas que d'Omégas. Mais bon, je n'irai pas chanter ça devant n'importe qui. Y en a qui me tueraient pour moins que ça. Pas plus loin que certains de mes hommes d'ailleurs.

Durant des semaines, les félins étaient à l'affût, observaient du coin de l'œil chacun de mes pas. Malgré la confiance qu'il m'avait octroyée, Sonny agissait comme s'il ne m'avait jamais parlé. »

Nourrir les autres

« – Qu'est-ce que tu croyais mon pote, que tu étais un privilégié ? me demanda James. Ces gens-là n'ont aucun scrupule, ils se servent de toi, puis te jettent comme une vulgaire serpillière. Crois-moi, je dis ça en connaissance de cause. Tous pareils ces salauds. Ils ne pensent qu'à leur profit. Le comble ! Tu ne peux rien y faire. Tu en élimines un, des centaines rappliquent aussi vite, une vraie fourmilière. Je vais te raconter une histoire si tu permets. Mon père est venu dans ce pays pour travailler, ce qui a fait de lui un immigré. À force de dur labeur, de sacrifices, de sueur, de douleur, il réalise son rêve, ouvre un resto. Depuis son plus jeune âge, nourrir autrui était sa passion. Quelques mois après l'ouverture, salle comble le midi, le soir. Avec le bouche-à-oreille, de nouveaux clients affluent. Quand la réputation du lieu prend une certaine ampleur, des mecs bienveillants viennent se présenter, si tu vois ce que je veux dire. Le pire, c'est que ces gars venaient de la même région natale que lui.

– Qu'est-ce qu'il a fait ? dis-je tristement.

– Il s'est suicidé, dit-il en riant comme un con.

En voyant mon air surpris par le choc de son rire, il me dit, le plus calmement du monde :

– Je rigole, il a payé chaque mois, continue encore de le faire. Tu sais, tant que j'y suis, je vais t'apprendre la cause de mon emprisonnement. J'ai pris quinze ans pour meurtre. J'ai buté un de ces fils de lâche, parce que celui-ci avait eu le culot de toucher les parties intimes de ma mère. Pourtant, je t'assure qu'à l'époque, j'étais du genre couillon. Ce soir-là, un coup de folie. Le pire, c'est que depuis cet acte, ces gars me respectent. Ils voient en moi un homme d'honneur, comme ils disent. Bon ! Le mec que j'avais liquidé faisait partie des maillons faibles. Il réagissait à la colère, parlait trop. Si j'avais tué quelqu'un d'estimé, je ne serais certainement plus là pour te le raconter, crois-moi.

– Allez, c'est à toi de jouer, mon pote.

– Oui, excuse.

– Et voilà ! Un brelan dans les dents.

– Putain, tu fais chier. T'as vraiment un cul d'enfer.

– Ou du talent.

– Oui, c'est ça. »

– Ça me fait penser à certains bouffons que j'ai pu croiser dans la cour d'école, affirmai-je avec une certaine dose de colère. Des gars qui habitaient ma rue, qui connaissaient mes parents et tout. Pourtant, dès que j'étais seul, ils en profitaient pour voler mes bonbons, me taper ou me cracher dessus, ces salauds.

– Dès que la testostérone est confinée, ça part en couilles. Pire s'il y a une poule à convoiter dans les parages, ajouta-t-il, le sourire aux lèvres.

– Ça, c'est sûr, rétorquai-je avec un demi-air de révolte.

– Tenez, prenez un petit bleu, ça vous calmera, dit-il en riant. Le chocolat n'a pas que le vice de faire grossir, il a aussi la vertu d'apaiser.

Une image

« Quand Sonny vint à ma rencontre, je ne savais plus discerner si je me trouvais devant un démon maléfique, ou un ange protecteur.

– Excuse la distance, c'était indispensable à ton bien-être. Ça commençait à baver. Eh oui, l'ami, j'ai une image qui me colle à la peau, dont je ne peux me défaire.

– Puis-je vous poser une question ?

– Je t'en prie.

– Quelle est vraiment votre fonction, que faites-vous ?

– La réponse est unique et multiple. Au sens professionnel, je me définirais tel un homme d'affaires, un bon commerçant. J'achète, vends, fabrique, distribue. Grâce à cela, je crée de l'emploi, apporte la richesse, diminue la précarité. Je ne parlerai même pas des œuvres philanthropiques l'ami, cela n'aurait d'autre but que de me glorifier. La différence par rapport aux autres commerçants, ma marchandise est illicite. Mais crois-moi, l'ami, derrière l'interdit, les hommes de lois en profitent et se sucrent grassement au passage. Il y en a même qui dirigent. Enfin, c'est comme ça.

– Il doit y avoir une raison pour que ces produits soient diabolisés, ajoutai-je naïvement.

– Un produit qui est considéré comme bon à une époque est perçu comme mauvais à une autre. Le temps façonne l'œuvre à sa guise. C'est lui qui décide. Comme toutes les substances influençant l'état mental, cela dépend de la consommation du consommateur. Il n'y a que l'excès qui est dangereux. À bonne dose, ce produit libère l'esprit, crée la sagesse. En cas d'exagération, il engendre le mutisme, entraîne la folie. Tout n'est qu'une question de contrôle, d'équilibre. Et pour en revenir à notre sujet de départ, ma fonction principale est de diriger subtilement, tel un soleil offrant ses lumières afin d'éclairer, me dit-il en souriant d'un air satisfait.

– Cela n'est-il pas prétentieux ? osai-je lui dire.

Avant de répondre, il se mit à rire discrètement.

– Il n'y a que celui qui n'a pas confiance en lui qui en douterait. Jusqu'à preuve du contraire, nous sommes tous des poussières d'étoiles. D'ailleurs, toi aussi l'ami, en écrivant tu illustres le caractère d'une sphère. Le rôle d'un artiste est d'éclairer subtilement l'obscurité, n'est-ce pas ?

Malgré quelques doutes, son raisonnement me parut assez intéressant.

– Excusez-moi de couper soudainement le fil de notre conversation, j'ai encore un service à vous demander, dis-je timidement.

– Je t'écoute, l'ami.

– Je souhaiterais envoyer un courrier.

– Donne-moi ta lettre à la prochaine promenade et, à peine le temps d'un soupir, ta missive sera à destination, dit-il en partant, sans même m'interroger sur le destinataire et le contenu. »

Créer son double

« Le lendemain, à l'abri des regards malfaisants, Sonny mit la lettre discrètement dans sa poche.

– J'ai réfléchi à notre histoire de rôle, l'ami. Cela m'a fait repenser à un vieux mythe que ma mère me racontait. Une légende, vieille de plusieurs siècles. Une créature façonnée à partir de poussière, emmenée à la vie par l'homme. Son rôle : aider, accompagner et surtout protéger son créateur. Mais dès lors qu'elle commence à découvrir son véritable moi, elle devient incontrôlable. Au fil de l'histoire, son apparence évolue. Bref ! Tout cela pour te dire que le véritable rôle de chacun est de créer son double, sa créature. Bien entendu, il ne faut pas lui donner l'occasion de prendre le dessus, sinon la chute est assurée. Le double tuera son créateur. Je vais prendre mon cas, pour que tu comprennes où je veux en venir, puis je m'attarderai sur le tien. Comme tu as pu le constater, je commande une troupe de lions enragés. Au départ, comme tous, j'étais seul. Avant d'être, j'ai dû faire mes preuves. Pourquoi des gens écouteraient-ils les conseils de quelqu'un qui n'a jamais rien fait. Ce serait un peu comme un mendiant qui sortirait un essai dans le but d'offrir la technique permettant la prospérité.

Il y aurait de quoi se méfier. Bref, une fois ma légende créée, il a fallu convaincre et je l'ai fait. Je les ai façonnés à mon image et ils ont adopté le fruit de mes idées. Et tout comme l'être de poussière mythique, ils m'aident, m'accompagnent, me protègent, jusqu'au jour où l'une de mes créatures se rebellera. Maintenant, venons-en à toi. Quand tu écris, tu es seul face à ta feuille blanche. Tu es donc un patron, commandant à ta guise une palette de personnages que tu as créés de tes mains à partir de ton imagination. Toi aussi inconsciemment, tu as façonné ceux-ci à ton image en leur imposant tes idées. Que tu le veuilles ou non, ton histoire est le reflet de ton double. Et comme tous, avec le temps, victime de ta légende, l'une de tes œuvres te dépassera. Qu'en penses-tu, l'ami ?

– Légèrement fataliste.

– Je t'écoute.

– Pourquoi ne pas étouffer la doublure avant qu'elle ait pu engendrer une quelconque rébellion ?

– Plus facile à dire qu'à faire. »

Point final

« Après avoir lu l'un de ses courriers, James paraissait livide. J'avais même cru apercevoir la trace d'une larme coulant sur ses joues. Embarrassé par la situation, le silence s'imposa. Et afin de lui créer une parcelle d'intimité dans la petitesse de notre 8 m^2, je m'efforçai de dormir.

Au petit matin, plus aucun souffle ne sortait de sa bouche mi-close. Devant le cadavre encore tiède, les gardiens jactaient.

– Un dur de plus battu par la vie, dit l'un d'eux en souriant à pleines dents.

– Un putain de lâche, ajouta l'un des autres.

Pour une fois, ma colère étouffa mon silence.

– Vous savez, monsieur, nul n'est à l'abri de l'imprévisible. Et puis oser affronter l'inconnu consciemment, mater l'au-delà droit dans les yeux, se soumettre au jugement de soi, de Dieu ou de je ne sais quoi, cela est davantage une forme de courage que de lâcheté. À mon humble avis, choisir son heure est plus noble que la subir. Et ce mec comme vous dites était un fils, un frère, un mari, un pote, et il s'appelait James.

Vexé par ma réflexion, blessé dans son orgueil de soi-disant supérieur, il se mit à me frapper. Comme la connerie est contagieuse, les deux autres participèrent aux hostilités, tout en me traitant d'une multitude d'adjectifs rudes, peu flatteurs. Et pour prouver leur autorité, ils fouillèrent de fond en comble chaque recoin de la cellule. Évidemment, ils trouvèrent ce que je cachais depuis des mois : mes écrits. Ils redoublèrent les coups, les insultes, et brûlèrent sans pitié des heures acharnées de création. Pour éteindre la braise, ces courageux ont uriné en ricanant comme des cons. Des mois de labeur partis en fumée. Tout ce qu'il restait, de la poussière. Le pire, ils avaient pris mon livre de chevet, les salauds.

Comme dirait Joan Didion, que j'ai découverte ici, à la bibliothèque : "On s'apprête à dîner et la vie telle qu'on la connaît s'arrête." »

Petite crapule

« À peine le temps d'évacuer le corps de James, qu'un autre était là, prêt à squatter ses draps. Haruki, jeune, nerveux, mais n'inspirant pas la crainte. À première vue, il paraissait même gentil, parlait beaucoup, souvent pour ne rien dire. Il était là pour une courte peine, son délit était mineur selon ses dires.

– J'avais absolument besoin de tunes, alors j'ai braqué un commerce, pas de bol, l'un des connards m'a reconnu. De toute façon, la prison me permettra de prendre des galons. Chez nous, si on veut être pris au sérieux, c'est un passage obligé.

Il y a des jours où ses discours m'ennuyaient, d'autres où son phrasé me divertissait. Je me taisais par diplomatie, gentillesse, mais souvent ses raisonnements me paraissaient d'une bêtise dépassant l'entendement. Fruit de l'immaturité, de l'environnement, d'un manque de culture, de sa propre volonté, je l'ignore. Souvent, il me donnait la sensation de jouer un rôle. Mais bon, qui étais-je pour juger ? L'histoire d'Haruki valait certainement autant que celle des autres.

Certaines habitudes commençaient à me manquer : les livres, les jumelles, le télescope, la chaleur de ma demeure, les promenades en solitaire dans la nature, le papier vierge quémandant une pénétration mentale de ma part, les plats somptueux de Maman, les regards protecteurs de Papa, les conversations philosophiques improvisées, et bien d'autres petites choses qui me paraissaient si grandes depuis qu'elles n'étaient plus.

De fil en aiguille, le lieu déteignait sur Haruki. Lui qui était là pour un vulgaire délit se métamorphosait en petite crapule. En tant que consommateur assidu, il débuta à vive allure dans l'univers de la came. Comme il était immature, assez fainéant, il se mit à pratiquer quelques combines douteuses, des trucs foireux, du genre régler des services pour le compte d'un tiers. Doté d'une intelligence rudimentaire, la spirale infernale. De quelques mois, on ajouta deux ans fermes pour mauvaise conduite. De là, il se mit à traîner avec une bande de gars, qui noyaient leur amertume dans le dogme ou les cachetons. Depuis que je suis ici, j'ai vu plus d'un novice se transformer en Bouddha en à peine quelques mois. Ceci est légitime, même louable. Escalader sans harnais augmente les risques de chute mortelle, n'est-ce pas ? »

Deviens celui que tu es

« Une fois par semaine, Sonny et moi discutions des sujets les plus divers. On partageait nos visions en échangeant nos idées. C'était un véritable philosophe. Doté de bon sens, d'un grand raisonnement, il avait la capacité de s'adapter à chacun des domaines analysés, restait ouvert à tout argument.

Par contre, la déchéance d'Haruki m'inspirait la méfiance. La brune qu'il consommait l'avait métamorphosé. Il en aurait volé sa mère pour une dose et bien pire. Une fois que cette salope te pénètre les veines, elle ne te lâche plus. Accro à vie, disait-il dans les moments d'autoflagellation. Je ne dormais que d'un œil, ce qui avec le temps amplifia mon taux de fatigue, diminua le flux de mon énergie vitale.

D'après Sonny, il ne me restait plus que quelques semaines à tirer.

– Mon ami, dit-il, dehors, il faudra que tu me rendes un service.

– Je crois que je n'ai pas le choix, après tout ce que vous avez fait pour moi. Bien entendu, cela dépendra de l'importance de l'acte.

Lors de la dernière promenade, les adieux.

– N'oublie surtout pas de rester fidèle à notre accord. Cela est important, ta vie en dépend, me dit-il le plus sérieusement du monde.

Ses propos me laissèrent de marbre. Si j'avais eu la capacité de sortir de mon corps, j'aurais certainement vu une face pâle décomposée.

– Ne t'inquiète pas, je ne te demanderai rien d'impossible. Tout d'abord si tu as besoin de quoi que ce soit, l'un de mes fidèles amis sera à ta disposition, dit-il en me tendant un bout de papier contenant un nom, une adresse.

– L'ami ! Deviens celui que tu es. Retrouve la graine enfouie en toi, sème-la en abondance, afin que ta récolte te donne une immensité de fruits, et partage-les avec ceux qui ont faim, me dit-il en me serrant la main, comme lors de notre première rencontre.

Puis, il me fila mon livre de chevet, celui que les connards avaient taxé.

Toutes ces années pillées, parce que j'avais refusé de tuer. "Quelle absurdité", pensai-je en traversant la porte franchie de force auparavant. Réfuter la guerre, suspect. Prôner la non-violence, criminel. Assassiner des inconnus parce qu'un mec l'a décidé, héroïque. La vie est belle. »

Un microbe

« Enfin à la maison.

Maman avait vieilli. Ses yeux étaient cernés, son visage pâle, ses cheveux bâclés, ses tempes grisonnantes, ses joues creusées.

Mon repos fut aussi paisible que celui d'un nouveau-né. En taule, mises à part les nuits ivres de fatigue, mon sommeil ne s'écoulait qu'à moitié, d'un œil.

Quelques heures plus tard, elle m'éveilla, m'invita à table. Dotée d'une certaine finesse, elle attendit la digestion pour parler. À peine eut-elle le temps de sortir une syllabe que mon cœur se mit à battre la chamade.

Trois mois que Papa était dans le coma. Saloperie de microbe. Putain de cancer de merde. Une fois de plus, le passé était venu raturer le présent. »

Une plante

« Mon père, une plante. Son corps était là, son esprit ailleurs. L'apercevoir dans cet état de faiblesse me chagrinait fortement. Ce qui engendrait des vagues de larmes titanesques. Malgré l'absence de réaction, je ne cessais de parler. Puis je posais ma tête sur son torse, près de son cœur, restais silencieux, jusqu'à ce que je m'endorme. Quand la jeune infirmière me détachait des limbes, j'étais de retour à la réalité, seul face au cauchemar qui m'entourait.

Maman m'inquiétait. Une partie d'elle s'était évaporée, elle dépérissait. La femme qui débordait de joie, de volonté, chavirait peu à peu dans les abîmes de la déprime. Il n'y avait que les tranquillisants et l'alcool qui la maintenaient à flot.

Pourquoi l'amour avait-il créé une telle malédiction ? Était-ce le karma, le hasard, la volonté d'une force supérieure, les circonstances, ou simplement le reflet d'une humanité diabolique et perverse ?

Ces questions hantaient mes nuits. Je commençais à douter de la bonté d'un quelconque dieu. La rage m'envahissait. Je désirais la puissance ultime afin de détruire le monde. »

Sources inconnues

« La détresse de Maman, l'impuissance de Papa. Comme l'un et l'autre s'étaient métamorphosés en plantes, mon rôle était de les arroser pour ne pas qu'ils fanent. Un jour ou l'autre, les enfants deviennent les parents de leurs aïeux. Le point positif, c'était mon potentiel créatif. La souffrance avait la capacité de faire rejaillir des ressources inconnues. Mon inspiration fleurissait, comme jamais elle n'avait fleuri. J'avais écrit un roman, inventé des personnages afin de dissimuler mon autobiographie, raconté la vérité en y ajoutant quelques éléments de fiction, amplifié certains faits, enlaidi quelques événements, embelli certaines actions, utilisé la forme en essayant de ne pas masquer le fond.

Le jour où mon roman prit fin, Papa en fit autant. Malgré mes prières, cette fois, il ne reviendrait pas. Maman fondit en larmes comme jamais, se replia à nouveau dans un mutisme extrême. Les funérailles furent atroces, nous n'étions que deux. Pas de membres de la maudite armée, pas de collègues de labeur. Papa ne fit que passer. Le monde tournerait sans lui.

Suite au décès, l'état de Maman se dégrada, elle était dans l'incapacité totale d'effectuer quoi que ce soit. Je devais absolument envoyer mon roman, afin que la situation financière de la famille se stabilise. Je croyais en mon œuvre, fondais tous mes espoirs sur elle.

Quand je n'écrivais pas, je m'occupais de Maman, effectuais les tâches ménagères. Le plus rude, la forcer à manger. Depuis la mort de Papa, elle était muette, restait les yeux dans le vide pendant des heures, froide, raide, sans aucune émotion. Souvent, elle me donnait l'impression horrible d'être plongée dans la folie extrême. Elle s'arrachait les cheveux, au sens littéral. Les coudes sur les genoux, les mains appuyées sur le visage, elle se balançait de haut en bas, souriait parfois, avec des "tu te rappelles ceci, tu te souviens de cela".

Un matin, Maman s'est pendue.

Aux funérailles, solitaire, entouré de poussière, tel un spectateur pleurant un vent qui passe.

Mon monde s'était écroulé.

"On s'apprête à dîner et la vie telle qu'on la connaît s'arrête."

Calogéro n'existait plus, il avait péri lors de la mort de ses créateurs.

Pour combler le tout :

"Bonjour,

Nous vous remercions pour la confiance que vous nous avez accordée et pour votre patience, mais nous avons décidé de ne pas éditer votre manuscrit.

Ce texte, qui s'apparente à un conte philosophique, vous a donné l'occasion de poser un regard sur notre monde et ses dérives et sur la condition humaine à travers une histoire de vie particulière.

Hélas, malgré une bonne idée de départ, votre proposition n'est pas parvenue à nous convaincre sur la longueur, sans doute de par son côté un rien trop *premier degré* par moments.

Quant à l'écriture, elle semble ne pas être encore complètement aboutie, paraissant un rien *appliquée*, manquant un peu de dynamisme et de spontanéité. Elle mériterait d'être retravaillée pour favoriser une lecture plus fluide.

Nous vous encourageons néanmoins à persévérer et vous souhaitons bonne chance dans vos recherches.

Cordialement,

Le service éditorial."

Ce soir-là, de rage, en me jurant de ne plus jamais saigner, je brûlai toutes les pages contenant mon sang.

Ah oui, j'allais oublier, mes parents s'appelaient Camilla et Arturo. »

– Désolé, il n'y a plus de bleus. Tenez, un vert pendant que je m'occupe des jaunes.

– Non merci. J'ai l'estomac noué.

– Une douceur se déguste sans faim, voyons. Mais bon, je ne voudrais guère perturber votre digestion.

Troisième tableau

La quête

« Qui lutte contre les monstres
doit veiller à ne pas le devenir
lui-même. »

Friedrich Nietzsche, *Par-delà le bien et le mal*

Renaître

« Dans un bouquin, l'auteur disait qu'on ne devenait réellement adulte que lors de la disparition de ses parents. Tu parles !

L'air de la demeure devenait irrespirable. Je vivais dans une crasse encore plus dégueulasse qu'en taule. Des cendriers pleins, des cadavres de bouteilles, des boîtes de conserve, des restes de ci de ça, des vêtements éparpillés ici et là. Dans le miroir, mon image m'épouvantait. Des cernes au teint, des traits à la chevelure, le gars que j'avais connu se métamorphosait à vue d'œil. Transformé par le plein d'alcool, le peu de nourriture. De la vinasse de maigre qualité, de la bouffe en boîte, souvent des nouilles par fainéantise. Il suffisait de faire bouillir de l'eau et de la verser à même le récipient. Ça prenait 5 à 10 minutes tout au plus. Parfois, je faisais même la diète des journées entières. Juste des litres de rouge naviguant dans l'océan planqué sous ma carcasse. Les jours de tempête, je vomissais des vagues gargantuesques.

Afin de ne pas être étouffé par la poussière, l'air était nécessaire. Dehors, la population était dense. Chaque individu marchait d'un pas déterminé, car il savait où il allait et pourquoi. Il y avait aussi une minorité flânant l'air hagard sans aucune destination en vue et une poignée de gars un peu crades assis sur le bitume. Certains se la jouaient provoc, limite injurieux. “Quoi ? T'as jamais trop bu, toi, peut-être”, dit l'un d'eux, avant de m'insulter comme si j'étais le pire. Connard, va !

Parmi la foule, une voix. Un de la bande. C'était parti pour un tour. Le coup raté, son divorce, la prison, le chômage, les manifs, le réchauffement climatique, la pollution, les grèves, la santé, le temps, les projets avortés, la misère, le boulot, les ragots. “Si tu veux voir ton pote Fante, il passe souvent dans un bouge non loin d'ici, dit-il en finissant par une tape amicale sur l'épaule. À plus frangin, prends soin de toi. Ah oui, au fait, tu n'aurais pas une pièce pour ce putain de parcmètre ? La dernière, je l'ai filée à Madame Pipi. Tout se paie mon pote.” Vu ses dents en moins et sa tronche, ce n'était sûrement pas pour le parking. Mais je lui ai donné sa pièce. »

– Inconsciemment, vous avez contribué à sa déchéance, dis-je d'un ton inquisiteur.

– Que faites-vous du libre arbitre ?

– Et s'il vous avait demandé une arme, l'auriez-vous donnée ?

– Arrêtez de jouer les moralistes, ceux-ci sont souvent les pires, se contenta-t-il de dire, avant de reprendre le fil de son récit.

Profondeurs

« Ma piaule était à l'image de mon être : dégueulasse.

Certains soirs, ivre de détresse, je frappais dans le vide de toutes mes forces, hurlais de rage. La demeure n'était plus un lieu chaleureux chantant la vie, mais un musée rempli de souvenirs fredonnant le chant des morts. Chaque objet ou parcelle racontait une histoire. Chaque histoire déterrait des événements, de ces événements resurgissaient des émotions, chaque émotion engendrait des troubles, chaque trouble créait un état et chaque état façonnait mon mental. Ce petit jeu vicieux dura des jours et des jours. Un matin, je m'éveillais avec l'ardeur intense de conquérir le monde, un autre, je somnolais en ruminant des idées noires me poussant vers le lâcher-prise total, le suicide. Coincé entre l'espoir, le désespoir, l'élévation, la chute, condamné à circuler sans trêve, autour du cercle démoniaque engendrant la folie. Souvent, je m'endormais dans le pardessus de Papa. Dans ses poches, un bout de papier chiffonné, quelques miettes de pain et un de ses caramels favoris pas encore ouvert. Certains jours, je me déguisais en lui : chapeau, pantalon, bretelles, chemise, veste et le reste, et de son fauteuil j'observais la tapisserie des heures entières, monologuait avec les fantômes. Des soirs, je portais la robe favorite de Maman, prenais son livre de chevet, le recueil de poèmes et le lisais. Quand je tombais sur une page écornée, symbole de ses rimes préférées, un signet, un passage souligné ou une annotation, je pleurais. Je te parle même pas des discussions interminables devant les photographies. Les deux : Papa 3 ans, sur les genoux de son père, Maman solitaire face à la mer. Je haïssais ces inconnus. Mes grands-parents, mes oncles, mes tantes, toute la smala. Comment ont-ils pu abandonner leur progéniture dans la nature, pire, les chasser ? Tout ça parce qu'ils s'aimaient.

Mes songes n'avaient jamais atteint de telles profondeurs. Mon état mental fut si bas, qu'il n'y avait que le néant à l'horizon.

Un de ces jours, alors que je me laissais engloutir dans les ténèbres sans aucune résistance, un miracle.

Un délire, un signe, une révélation ?

Entre insomnie et sommeil profond, mon double caché dans les méandres de l'existence chuchotait les paroles marquantes de l'un et l'autre. "Pour s'élever, il faut savoir s'abaisser, se maîtriser, se concentrer sur l'essentiel. Quand tes visions te tourmentent, affronte-les. Garde l'espoir en toutes circonstances, cultive la patience. Sers-toi du chaos afin de créer l'harmonie. Goutte à goutte, l'eau transperce la pierre. Combattre ses démons, atteindre la sérénité. Pour respirer en paix, il faut oublier ce qui n'est plus, chasser les fantômes. Méfie-toi de l'alcool, cette substance pourrait te faire parler. Transforme l'amour que tu as perdu en rage, utilise-le afin de conquérir le monde. Retrouve la graine enfouie en toi, sème-la en abondance, afin que ta récolte te donne une immensité de fruits, et partage-les avec ceux qui ont faim. Deviens celui que tu es."

Suite à un sursaut inattendu, une force jaillissait de ma personne comme jamais. Je chassai la poussière, évacuai les mauvaises odeurs en aérant l'espace, nettoyai la crasse, rangeai minutieusement les objets, illuminai l'obscurité. La pièce chaotique se métamorphosa en un lieu sain.

Pour me reconstruire, un pas en arrière était nécessaire. Je me remis à lire, observai ma rue, replongeai dans les cieux, méditai et priai comme Maman me l'avait appris.

Des semaines d'hibernation plus tard, les prairies et les chemins de bitume m'accueillirent. La marche avait des vertus thérapeutiques fantastiques. Elle me permettait de penser, jusqu'à ce que la pensée s'évanouisse. Dans ces moments-là, la légèreté m'incitait à voler. De plus, je courais 1 h 30 tous les deux jours. Faire circuler le sang, manger sainement, c'est augmenter l'espérance de vie. Évidemment, nul n'est à l'abri d'un coup du sort. La seule certitude : l'incertitude. D'ailleurs, j'ai connu un brave gars, végétarien, non-fumeur, sportif, pas d'alcool, méditation, prière, régime, cure et tout le bazar. Et un de ces matins, comme ça sans crier gare, une veine dans la cervelle avait décidé d'éclater, l'avait tué sur-le-champ. On l'a retrouvé deux semaines plus tard dans sa piaule, grâce à l'odorat d'un voisin qui avait perçu une puanteur hors norme. Il paraîtrait même d'après les dires, que son clebs s'était mis à le grignoter. Bref !

En parlant de chien, ça me rappelle un truc. Un jour de mélancolie, alors que j'étais sur un banc observant le vide en grignotant, un beau chien s'arrêta. Son regard doux et détaché me mit du baume au cœur. Je le caressai donc et lui offris un peu de ma pitance, qu'il accueilla en bougeant sa queue, signe de joie, certainement. Il se régala avant de déféquer.

– Monsieur, n'avez-vous pas honte de laisser votre animal déféquer sur ce joli parterre ? me demanda soudainement un inconnu. Au moins, ramassez.

– Je n'ai pas de sac, j'en suis navré.

– Vous auriez dû prévoir.

– C'est que… dis-je, hésitant.

– Oui ?

– Non, rien. Vous avez raison, si tout le monde en faisait autant, ce joli parterre deviendrait une décharge, ne parlons même pas de l'odeur.

Et face à une troupe de passants me lorgnant d'un œil inquisiteur, je pris la crotte et la mis dans la poche de mon veston. Puis, je m'en allai en souhaitant aux spectateurs une agréable journée.

– Et votre chien, monsieur ?

– J'aimerais qu'il soit à moi, mais ce n'est pas le cas, malheureusement. J'en suis navré.

– Quel énergumène, celui-là, finit-il par grommeler sous le murmure des passants.

La solitude commençait à me peser. J'improvisais des parties de cartes de malade avec l'ectoplasme de James : “La prochaine, je rafle la mise, mon pote.” Je soliloquais des heures entières avec Haruki, essayant tant bien que mal d'amoindrir sa candeur en lui enseignant des connaissances. Des nuits blanches à refaire le monde avec Sonny, me basculant de haut en bas comme Maman et mâchouillant des caramels comme le gosse éternel, mon paternel. Putain ! Il fallait vraiment que je rencontre du monde. Alors, je fréquentais quelques bars au hasard, observais le comportement de chacun, répondais quand autrui me parlait. Il y avait parfois quelques filles égarées en quête de câlins, qui me draguaient. La première dans laquelle mon serpent pénétra ne fut pas chanceuse. Comme si le temps était compté, ma vipère expulsa son venin à la vitesse de la lumière. »

Reconstruction

« Le pécule que m'avaient laissé mes parents n'était pas éternel. À ce rythme, sa durée approximative serait de quelques mois. L'obligation de chercher un boulot me terrifiait, et la pensée de finir comme l'un de ces crades m'angoissait. Peut-être que moi aussi, de rage, j'insulterais les passants errant le ventre rempli en ignorant ma faim.

Un soir, je me rendis au bar où Fante traînait. Fidèle à lui-même, il parlait sans trêve, éclatait de rire comme un enfant à l'écho de ses propres blagues. En entrant, je jouai la carte de la discrétion, me mélangeai à la foule. Ce n'est pas la masse qui est voyante, mais la particule isolée se trouvant hors de la cohue : l'atome solitaire.

Deux heures plus tard, il ne m'avait guère remarqué. Quand il quitta l'endroit, je le suivis. Lorsqu'il entendit son nom, sans dire un mot, il se retourna.

– Quelle surprise, dit-il avant de me serrer cordialement dans les bras. Qu'est-ce que tu deviens ? Toujours aussi mystérieux. Et que fais-tu là ?

– J'ai croisé un des gars et il m'a dit que tu traînais dans le coin, alors je me suis dit, pourquoi pas aller y jeter un œil, lui dis-je timidement.

– Eh bien, vas-y, je t'en prie.

– Quoi ?

– Bah, ton œil, jette-le.

– Ah ah, très marrant.

– Allez, sérieux, où tu veux qu'on aille, mon pote ? Parce que depuis tout ce temps, nous avons des choses à nous raconter, n'est-ce pas ? dit-il d'un air enjoué. D'ailleurs, je trouve que tu as une sale mine.

Pour la première fois, j'invitai quelqu'un à pénétrer dans ma caverne.

– Pourquoi pas, allons-y, parce que je me gèle les, tu vois ce que je veux dire, dit-il en me tapant amicalement sur l'épaule.

Malgré les différences apparentes, notre état de reconstruction engendra l'union. Il prit pitié de mes tourments, moi des siens. Puis, l'alcool aidant, nous nous encourageâmes mutuellement.

Avant de partir, il me proposa de l'accompagner quelques jours chez ses parents. »

Voyage

« Tel un nouveau-né, mon premier voyage en train. Cette expérience offrait à ma rétine un spectacle fabuleux, commun pour la plupart, unique pour moi en ce jour-là. Derrière la vitre, le paysage défilait. De ville en village, de grandes étendues peuplées d'arbres fruitiers, de ruisseaux, de bitume, de géométrie, de verdure. Chaque paysage racontait une histoire commune, et mille et un contes individuels. Voyager, c'est parcourir un roman en vrai. Le décor est palpable, visible. Le reste, un acte subjectif créé par la cervelle de chacun.

Mon imagination avait créé ses vieux bien différents de ce qu'ils étaient. Âgés, discrets, ils suaient la paix. Ils m'ont reçu, comme s'ils me connaissaient depuis des siècles. À peine arrivés, sa mère, Louisa, nous prépara un somptueux repas, des plus copieux. Depuis qu'ils ne travaillaient plus, ils s'occupaient. Après plus de quarante années de labeur, ils avaient acquis une pension mensuelle, leur permettant de vivre décemment, sans excès. Son père, Frank, s'était remis à sa véritable passion, la peinture. Des heures entières devant son chevalet, pinceau à la main afin d'y apposer la couleur immortalisant l'instant. Portrait, paysage, réalité, abstraction, selon l'humeur du moment. Pendant que Frank jouait les démiurges, Louisa tricotait, lisait, s'occupait du logis. Leur tâche journalière en commun était l'entretien du jardin : une petite parcelle de terre, produisant une assez bonne quantité de produits de qualité. L'image de Frank et Louisa se chambrant comme des mômes en récoltant les légumes du jour est gravée dans mon esprit à jamais. Malgré les années, il y avait encore une complicité. Je trouvais ça exceptionnel. Le soir, au souper, sur un fond de clavecin additionné de violon, on trempait le pain quotidien dans la soupe contenant les légumes fraîchement cueillis le matin. Le bonheur tient à peu de chose. Je me voyais déjà vieux : simple et heureux comme eux, Frank et Louisa.

Au village, la partie la plus animée, le centre. Une modeste place entourée de bars et quelques magasins situés dans les alentours. Pour le reste, des rues étroites, cabossées, ornées de maisons collées les unes à côté des autres. Certains quartiers isolés sortaient du lot. Les demeures étaient plus majestueuses et séparées de leurs voisins, ce qui créait leur indépendance. Celles-ci étaient toutes accompagnées d'une vaste parcelle de verdure, d'un garage. À leur manière, ces propriétaires s'étaient mieux débrouillés que la plupart. Fante disait que la majorité des gens qui habitaient cette rue étaient des médecins, des notaires, des avocats, des politiciens, des banquiers, des entrepreneurs florissants, des employés endettés, et quelques escrocs doués en matière d'escroquerie. “Ces gens-là font partie de la petite bourgeoisie”, disait-il d'un air moqueur.

Quelques jours plus tard, les postillons des soulards accoudés au bar. Des inconnus me racontaient des trucs intimes sur des mecs que je ne connaissais pas. Tout ça pour dire de causer. Je savais qu'untel était dealer, cocu, pédophile, qu'un autre travaillait au noir, exploitait des sans-papiers, tapait sa bonne femme, fraudait le fisc. Il y avait aussi un gagnant du loto, puis Momo, un gars blindé – on ne sait trop comment – qui avait des bagnoles de malade et la plus belle villa du village ; on l'idolâtrait, le jalousait, lui léchait les pompes, lui crachait dans le dos. Pour les bonnes femmes, il y avait les mariées qui avaient tourné dans le temps, les chiennes de service, les aguicheuses en minijupes à ras du cul, celles qui suçaient pour un verre ou une dose, les prétentieuses qui se retournaient à peine, regardant de haut les passants sifflant, évitant les saluts des mâles dominants et les filles bien selon les convenances de chacun : la future fiancée d'un villageois, la grande dame séduisant la capitale, l'indépendante sûre d'elle en quête d'elle-même, la princesse à la recherche d'un roi, l'artiste en proie à la liberté, l'égalité, etc. Le plus marrant, c'était le mec traitant un autre de poivrot, tout ça avant de finir au sol la face ensanglantée et gémissant dans son vomi. Le plus drôle encore, le gars que sa femme était venue chercher en gueulant : le pire, ça faisait plus d'une heure qu'il se la jouait super macho le cow-boy, et devinez quoi, elle avait un short qui camouflait à peine la chair. Je ne vous raconte pas la réaction des pervers accoudés au zinc. Voyage astral dans le fion de la femme de leur pote, les pourceaux.

Bref ! Histoire de se grandir un peu, ça rabaissait autrui. Rares ceux qui élevaient leur congénère, même entre copains. Un mec pouvait baver pendant des heures sur un gars, et quelques minutes plus tard, tu retrouvais ce même gars trinquant en souriant avec le mec sur qui il bavait précédemment. Puis rebelote, dès que l'un partait, l'autre bavait à nouveau et ce jusqu'à l'infini. Bref ! Comme à la ville, les politiciens dirigeaient, et afin de préserver le pouvoir, ils octroyaient des postes à des proches. En période d'élection, ils offraient des miettes aux citoyens, pour que ceux-ci votent pour eux, souriaient constamment, serraient les mains de chaque passant, copinaient avec les plus riches : gangster notoire, entrepreneur indépendant et profession libérale. Ils s'associaient dans diverses affaires : fausses factures, détournement de budget, faux emplois, société écran, faillite, travaux à l'abandon, jumelage avec d'autres contrées. Cela formait un réseau d'influence, renforçait la puissance permettant de ne pas perdre la main. Les ouvriers se contentaient de travailler en se plaignant des injustices commises par les bourgeois, les patrons. Ils se tapaient entre eux, enviaient les riches, rêvaient de fortune en jouant à divers jeux de hasard. Ici, il y avait peu, pour ne pas dire pas, de crades quémandant à genoux sur le bitume. Par contre, le village aussi possédait un zozo. Pas très différent du Zozo de mon perron, d'ailleurs.

Ces quelques jours passés loin de ma routine habituelle m'avaient revigoré. Je comprenais maintenant l'expression “prendre un bol d'air”.

Le retour fut silencieux. Nous regardions par la fenêtre, chacun échafaudant des plans en fouillant dans les méandres du pays des songes. Nous faisions partie des égarés, ceux qui n'étaient pas à l'abri de devenir des âmes errantes en quête d'aumône, ceux dont l'existence ne tenait qu'à un fil. »

Indépendant

« Trente-huit balais. J'avais croisé l'amour, Sarah, et fondé un bar avec Fante. Par hasard, les paumés étaient devenus patrons.

Des ténèbres, la lumière : une édition que j'avais oubliée avait resurgi. Ce ne fut pas une lettre type, impersonnelle. Le patron des lieux m'avait invité à le rencontrer. Henry, un gars cultivé, bienveillant, qui avait l'air de savoir ce qu'il faisait. D'après le contrat, je touchais 10 % de droits d'auteur, ce qui était une marge supérieure aux autres, selon ses dires. De plus, j'avais droit à l'anonymat. Pas d'obligation envers la presse.

– Ce roman va être un best-seller mondial, un classique, un immortel, avait-il dit, euphorique, tout en me tendant un chèque.

Surpris par l'absurdité de l'événement, j'étais resté muet.

– Vous n'avez pas l'air plus content que ça, avait-il dit, surpris.

– Je n'ai pas l'habitude que l'on me paie autant, à ne rien faire.

Suite à ma phrase, il avait ri.

– Si pour vous écrire un chef-d'œuvre n'est rien, eh bien, continuez à ne rien faire. Si tout se passe comme prévu, la maigre avance que je viens de vous restituer ne paraîtra pas plus grosse qu'un grain de sable, avait-il ajouté d'un ton paternel.

– Je n'ai jamais vu de sable, avais-je rétorqué le sourire aux lèvres.

Quand les formalités furent faites, plus détendus, nous discutâmes littérature, partageâmes quelques coups de cœur. L'avance me permettait de tenter quelque chose de concret. Quand je proposai à Fante de former un binôme, il accepta. N'étant guère des plus manuels, un bar m'enchantait. De plus, Fante les avait tellement fréquentés, qu'il connaissait la musique par cœur. Il suffisait de louer un local, de l'aménager, de trouver un fournisseur d'alcool. "Ce n'est sûrement pas avec de la limonade qu'on fera notre beurre", disait-il. Vu que le produit était interdit par l'État, il fallait être discrets, vigilants. Il connaissait quelques bandits qui en fabriquaient, et ceux-ci fournissaient.

Après avoir trouvé un lieu à peu près bien situé, il s'occupa des échanges commerciaux avec ses amis, sucra les hommes de loi qu'il fallait sucrer ; pour le reste, les commandes, les comptes, la déco, la bonne tenue du lieu, c'était à ma charge.

Sarah, un coup de foudre. C'est la seule qui m'était apparue différente des autres. Un peu comme une perle se trouvant au milieu des cailloux. Ça faisait deux ans que nous cohabitions dans un bel appartement, bien situé, d'une superficie bien supérieure au berceau de mon existence. Nous partagions nos goûts littéraires.

Elle aimait le silence de la nature, détestait le cri urbain, ce qui la différenciait de la masse féminine rencontrée auparavant. Ce qui me démontra véritablement sa particularité, c'est le jour où elle prit une araignée délicatement dans un mouchoir avant de la déposer sur le sol. Cet acte anodin était le résultat d'une conscience dépassant la majorité. Elle faisait de même pour les mouches, les plantes et le reste, avec un réel détachement, sans discours, spectacle, mise en scène. Mais à dire vrai, ce qui m'avait attiré en premier, c'est qu'elle était gaulée comme pas deux. Des seins parfaits, une gueule du tonnerre, des yeux tonitruants, un cul d'enfer. Fante avait une copine, Soraya, sérieux ou pas, va savoir. Un jour ils se voyaient, un autre pas. Mais nous n'étions pas du genre à nous occuper des affaires intimes d'autrui. Chacun gardait une parcelle de son existence individuelle planquée dans un bout de soie.

Bref ! Mon livre était sorti. Et à peine était-il né, que je le regrettais. J'y voyais un tas de défauts. Peut-être l'avez-vous lu ? *Les Palabres* d'Antonio Isaac Salinger. »

– Vous plaisantez ? dis-je d'un air surpris.

– Qui sait. Mon récit n'est peut-être qu'un mensonge, histoire de causer.

– Peu importe, c'est l'un de mes romans préférés.

– Flatterie ou manque de goût.

– Ne jouez pas les modestes. Si c'est bien vous l'auteur, il y a de quoi en être fier.

– De mémoire, je pourrais vous citer une liste de bouquins qui vous prouverait le contraire, mais si vous le dites.

Un véritable refuge

« Revenons-en à nos affaires. Grâce à la grande gueule de Fante, les clients affluèrent. Certains faisaient un détour, juste histoire d'écouter ses aventures, vraies ou fausses. Mais au-delà du clown tapageur, il était un véritable négociateur.

Un an à peine après l'ouverture, nous fabriquions notre propre alcool en association avec nos premiers fournisseurs. Tout le monde était gagnant.

Mais un jour, de réunion en réunion, à coups de chantages, de pots-de-vin, d'intimidations, le sceau de l'administration autorisa la vente de produits alcoolisés. Au lieu de les payer dans l'ombre, nous le faisions à la lumière sous forme de taxe. Pour ce qui était des amis de Fante, ils ont juste changé de produits. Beaucoup de choses s'étaient métamorphosées. La musique et toutes autres formes d'art étaient à nouveau libres d'être, et de nouvelles inventions ingénieuses naissaient. Parmi elles, le téléphone, la télé. Cela permettait à chaque individu de s'informer, de pouvoir s'initier à l'art cinématographique. Et du côté des puissants, cela leur permettait d'étendre en douceur leur propagande. Maman n'en aurait pas cru ses yeux. Il y avait même des Alphas qui dansaient sur des chansons Oméga et vice versa. À coups de manifs, de discours, de bâton, d'assassinats, de protestations, d'actions individuelles, collectives, d'union, de division, les mœurs commençaient à bouger, lentement mais sûrement.

Notre bar était devenu un véritable refuge pour les artistes miséreux en quête de gloire. Fauchés, les peintres nous dessinaient un croquis sur un bout de carton, les écrivains griffonnaient des vers vite fait, les acteurs jouaient, les chanteurs fredonnaient, les musiciens pianotaient, tapaient, grattaient, soufflaient et les illusionnistes exposaient leur magie. Chacun à sa manière payait de sa personne en offrant son cœur, et nous en étions ravis. Cela valait bien plus que quelques billets.

Henry, mon éditeur, avait vu juste. *Les Palabres* fut un carton. Il avait dépassé les frontières, voguait au-delà des mers. Et en effet, l'avance n'était qu'un grain de sable comparé à la montagne de fric amassée en ce temps-là.

Un soir où nous étions au lit, de ses doigts longs et fins, Sarah tripota *Les Palabres*. Pendant qu'elle le lisait, je la guettais. Une vingtaine de pages plus tard, elle le jeta sur le côté, souffla un grand coup. Surpris, je l'interrogeai.

– Ce bouquin est d'un ennui, je ne te raconte même pas, dit-elle, lasse. En plus, le nom à la con : Antonio Isaac Salinger. Ça sent le coup monté de l'éditeur, l'œuvre sans auteur, le résultat d'un collectif, l'arnaque à plein nez. Soit, si tu as envie de te pendre, vas-y, je t'en prie, il est à toi.

– À ce point ? dis-je, d'un air étonné.

– Le pire, c'est que c'est un énorme succès en librairie, le monde se l'arrache.

Mon orgueil en prenait un coup, alors j'essayai d'en savoir davantage.

– Et qu'est-ce que tu n'aimes pas ? demandai-je.

– Ce bouquin ne parle que de malheurs, manque férocement d'humour, et le ton est d'une froideur à faire frémir les plus chaleureux. Ce n'est pas le genre de truc à faire rêver. L'énigme, je n'en parle même pas, carrément absente. Trop sérieux à mon goût. Je préfère mes histoires d'amour à l'eau de rose, mes enquêtes policières, dit-elle en riant.

Je voulais lui dire qu'il n'y avait que la tragédie qui était intemporelle, que seul le drame laissait des traces, et que si elle voulait rêver ou se réchauffer elle n'avait qu'à dormir sous l'édredon vêtue de son pyjama en molleton. Au lieu de cela, je pris sur moi, montai sur elle. La sexualité a le pouvoir de dissoudre la pensée.

Avant de dormir, je ne pus m'empêcher de lui demander pourquoi elle l'avait acheté. "On a toujours dans sa bibliothèque des classiques qu'on n'a jamais ouverts, pour le style ou histoire de frimer", dit-elle simplement.

Le lendemain, à la hâte, je me rendis chez Henry pour lui proposer un texte que j'avais pondu durant la nuit. Je voulais qu'il l'insère en guise d'avant-propos.

"À celui qui recherche la chaleur atténuant le vent de l'hiver et l'humour déguisant l'instant d'ornements, ce livre n'est pas destiné.

Ce livre, c'est comme regarder les étoiles, la chair dénudée posée sur la neige. Observer le mystère, l'obscurité, la clarté, froidement. Nulle couverture, point de vêtements. La nudité à l'état pur.

Ce bouquin est froid, haché, direct. Son but n'est point l'attachement à de faux-semblants. Mais le détachement. Il y a un temps pour l'été, un temps pour l'hiver.

À bon entendeur, chers lecteurs, je vous souhaite une bonne et agréable lecture. Chaleureusement vôtre.

Je plaisante, ce récit est l'enfant de mon ouïe, mes testicules, ma cervelle, mes pupilles, le reflet de ma petite utopie. Si tu ne me lis pas, tant pis ! Mais achète-moi. Au moins, tu m'enrichiras et permettras à la maison qui m'emploie d'arrondir sa bedaine en signant d'autres rêveurs.

Je rigole ! Qu'ils aillent au diable. Si j'écris, c'est pour le fric."

Il refusa, je me fâchai, criai, nous bûmes un café, je me calmai, nous rigolâmes, j'acceptai, nous bûmes un deuxième café bien corsé, nous discutâmes, il se fâcha, je m'énervai, nous bûmes un troisième café plus léger, nous nous calmâmes, nous rigolâmes, puis nous nous quitâmes, en sautillant comme des puces excitées à cause du café. »

Victimes de notre succès

« En peu de temps, notre bar était à l'apogée. Nous avions transformé un bouge miteux en un lieu convoité par une clientèle affluant des quatre coins de la ville. Avec un peu de chance, si l'un des artistes affamés en quête de pain devenait connu, reconnu, l'établissement deviendrait peut-être un endroit mythique, une institution.

Mais, car oui, dans la vie, après avril, y a toujours des mais. L'été ne pouvait pas durer.

Tout commença un soir. Le bar était bondé et quand l'ambiance arriva à son apogée, une clique, du genre à faire fuir les plus aguerris, se mit à refroidir l'atmosphère. Ça poussait, matait, draguait tout ce qui bougeait, surtout les accompagnées. Résultat, bordel. Dépassés par l'ampleur de la situation, nous dûmes, ce soir-là, fermer les lieux.

Une semaine après l'événement, comme par enchantement, Superman rappliqua, avec la dégaine, la coupe, le costume, il ne manquait plus que la cape. Quand je vis le teint pâle de Fante virer au rosé, je tapai le plus discrètement possible un coup de pied sous la table.

– Tu es complètement fou, dit-il, énervé. Ce fils de lâche n'est qu'un putain de racketteur de merde, et toi qu'est-ce que tu fais, tu lui lèches les bottes en le remerciant.

– Ce n'est qu'un exécutant. Tu le traites mal et demain, tu en as dix de plus, des mecs comme lui. Et tout ça n'arrangerait guère nos affaires. Sois patient. La colère ne ferait qu'attiser les flammes.

– Si tu le dis, ajouta-t-il nerveusement avant de retourner à ses tâches.

Comme un problème ne vient jamais seul, l'ambiance de ma demeure fut pesante. Sarah qui riait habituellement aux éclats était cette nuit prête à exploser en sanglots.

Elle voulait un môme. »

Les loups, les bouchers, les glaçons et les lions

« Le manque de courage m'empêchait d'affronter Sarah, alors, je commençai par Fante. Ma décision le mit en colère. Il tapait dans le vide, s'en prit à la vaisselle, au mobilier.

– Pourquoi ne pas leur donner les clés tout de suite ? dit-il en criant rageusement.

Pour le calmer, je lui parlai de l'influence de Sonny, et du papier qu'il m'avait laissé en cas de soucis.

– Tu te crois dans un livre, mon pote. Dans la réalité, ces mecs n'en ont rien à foutre de ta tronche. En plus avec le temps, il t'a sûrement oublié.

– On n'a rien à perdre, alors je préfère tenter.

– Vas-y, si cela te fait plaisir, mais pour ma part, la solution est de leur casser les reins, à ces connards.

– Et que gagnerais-tu ?

– Je ne sais pas ce que j'y gagnerais, mais je sais ce que je ne perdrais pas, ma fierté.

– Tout ça n'est qu'une histoire d'orgueil mal placé. Sois patient. L'empressement ne causerait qu'une chose soudaine, notre chute. Et comme le disait sagement mon père, les sentiments ne doivent pas dépasser la raison, dis-je d'un ton fraternel.

– Maintenant, monsieur se prend pour un sage, dit-il en riant jaune, comme on dit.

– Vaut mieux cela que s'évertuer à imiter les singes, n'est-ce pas ? lui dis-je en clignant de l'œil.

Malgré sa colère, il se mit à rire.

– O.K., je te laisse faire, mais si jamais tu as besoin des conseils d'un singe, je suis là, ajouta-t-il d'un air moqueur en tapant sur sa poitrine tel un gorille.

Comme convenu, je trouvai mon contact sans trop de difficulté. Toto, petit homme trapu, grisonnant, plutôt âgé, dégageant un certain charisme. Il paraissait méfiant, me laissa parler. Apparemment, mes dires le soulagèrent, il parut un peu plus à l'aise.

– Tu es l'artiste, c'est ça ?

– Oui, lui dis-je, surpris par ses mots.

– Sonny m'avait vaguement parlé de toi, ça fait un bail tout ça. Aujourd'hui, il est mort. Crise cardiaque causée par le stress d'après le toubib, assassinat pour certains.

Pas le temps de terminer mon récit qu'il avait déjà tout compris.

– Où est situé ton établissement ?

Quand l'annonce fut faite, il me dit :

– Ça, l'ami, c'est un coup des loups.

– Des loups ?

– Eh ! Mon petit, tu débarques ou quoi ?

– Je connais quelques rumeurs, sans plus.

– Je vais t'expliquer la situation en quelques mots. Le marché souterrain est divisé en quatre clans principaux, dont chacun occupe une parcelle de la ville. Dans ton cas, c'est les loups, nommés comme cela à cause de leur sauvagerie, puis tu as les bouchers, en rapport avec leur cruauté, les glaçons, en symbole de leur sang-froid et le clan auquel j'appartiens, les lions.

Comme s'il devinait le fond de ma pensée, il continua :

– Tu penses certainement que je suis un traître, n'est-ce pas ?

Il avait raison, je pensais bien à cela.

– Tu sais, ce métier n'est pas un travail passager. C'est un choix, une destinée. Il n'y a pas de retour en arrière. Le moindre signe de suspicion, la disparition assurée. Quand tu fais partie d'une bande, c'est à vie. L'homme de l'ombre qui arrêterait son activité serait vu comme un danger compromettant. Et puis, c'est comme ça, d'un boss à un autre, le soldat se doit d'obéir.

Après s'être jeté quelques dés de liqueur bien corsée, on s'est quittés, en se promettant de se revoir, histoire de parler de notre lien commun.

Se souvenir d'un mort, c'est le ressusciter. »

Imitation

« Quand l'agitation me guettait, que je devais réfléchir, le parc situé à côté du bosquet était le seul endroit capable de m'apaiser. Son calme me permettait d'harmoniser mon chaos, d'éclairer les zones d'ombre.

Depuis ma naissance, des forces malfaisantes m'assaillaient. À chaque fois que je croyais atteindre le haut de l'Olympe, une pierre s'empressait de me faire redescendre. »

Après cette réflexion, il s'arrête net et regarde droit devant lui en souriant.

– Pourquoi riez-vous, que se passe-t-il ?

– C'est le gars là-bas qui m'a rappelé un truc qui m'avait déjà tapé dans l'œil à l'époque.

– Lequel ?

– Celui accoudé à l'arbre qui cause à la fille.

– Et à quoi cela vous fait penser ?

– Une scène de film, du genre comédie romantique.

– Et alors ?

– Déjà au début, la télé influençait fortement le comportement des passants. Les mecs et les filles imitaient la dégaine des acteurs. C'était marrant. À force de le faire, c'était devenu une habitude. L'ironie, c'est qu'au départ, les scénaristes s'inspiraient de vraies gens. Et en accentuant certains traits, cela créait des personnages que les véritables individus imitaient à leur tour. Vous me suivez. Et d'imitation en imitation, le passant devient la caricature du héros ou du méchant planqué derrière l'écran. J'ai vu plus d'un bandit dont les films de gangsters avaient influencé le caractère. Du look aux répliques, à l'intonation. Pareil pour les dragueurs d'un soir.

– C'est pas faux. D'ailleurs, il y a seulement une poignée d'heures, j'étais devant le miroir en train d'imiter les pas de la nouvelle choré du moment. Le truc de l'été.

– Si vous saviez le nombre de fois que j'ai pu calquer la silhouette d'une starlette, il y aurait plus une étoile dans les cieux.

Et alors que nous discutions, pas loin, une bande de mômes débarqua et organisa un match de foot à l'arrache. Pas besoin de décrire l'accoutrement, vous avez deviné. La vareuse du club préféré, le nom du joueur adoré. En voyant cela, nous nous bidonnâmes comme des fous. Le vieux se leva même pour aller frapper le ballon. Si je vous dépeignais son toucher, vous ne me croiriez pas. Une série de jonglages, comme ça, à l'aise. Il joua même pendant plus de dix minutes avec eux.

De main en main

« Quarante-deux piges, le bar était devenu un lieu prestigieux, orné d'une clientèle cosmopolite. Gangsters de renom, artistes connus, en devenir, politiciens influents, demoiselles lumineuses, jeunes dandys et quelques fauchés jouant les opportunistes en quête de richesses inespérées. Chaque soir, l'endroit était bondé, réunissait les plus grands hommes de l'ombre à la lumière, Alphas, Omégas. Dès qu'il s'agissait d'argent, de pouvoir, la différence perdait de l'importance. Tout cela me rappelait la phrase de Maman : "Échanger avec l'ennemi." Eh bien, je peux te dire qu'à cette époque, l'argent circulait à flots, de poche en caisse, de caisse en poche, de main en main. Faut dire qu'on manquait pas d'imagination, chaque soir, il se passait un truc. Musicien, peintre, chanteur, comique, acteur, danseur, magicien, ce mélange de genres engendrait parfois des perles extraordinaires. Inconsciemment, certains courants et certaines modes ont vu le jour entre ces quatre murs. Je ne vous parle même pas des artistes engagés, les vieux grincheux, les jeunes politisés, tous hurlant des slogans en veux-tu en voilà : "Étouffons le passé, frappons le présent, oublions l'avenir." "Le passé est pourri, le présent est mort, *no future.*" "Ressuscitons le passé, améliorons l'instant, créons l'avenir." "Demain c'est loin, l'avenir c'est maintenant. Vivons l'instant." "Nique ceci, nique cela." "Je suis toi, tu es moi, il est eux, nous sommes vous, vous êtes nous, ils sont lui." "Je suis nous, tu es lui, il est vous, nous sommes eux, vous êtes toi, ils sont moi." En gros ! Le destin des nations n'était qu'une histoire de pronoms, de conjugaison. Pour le tempo, rythme lent au refrain de paix, sons saccadés, couplets révoltés, voix unifiant l'assemblée, cris divisant l'unité. De près, de loin, collé, serré, danse endiablée, caresse suant la sensualité, murmurant dans les lobes des mélodies enchantées. Note envoûtante sur des cordes mouvantes, musique angélique, planante, hypnotisante, riff diabolique, technique électronique, souffle atomique, battement magnétique. Victime du courant emporté par le vent, le monde chantait l'hier, le demain, l'instant.

Sur scène, le pro des jeux de mots, le roi des chutes infernales, le gars maniant le phrasé avec brio, la dame clouant gentiment le bec au macho. La blague qui tue, le pet qui pue, celui qui sue. De l'inconnu au comique en vue, de prouesse scénique au geste corporel exceptionnel, des grimaces aux claquettes, du drame au fantastique, du lapin sortant du chapeau au bouquet apparaissant soudainement. Peu importe l'événement, chaque spectacle était magique et engendrait le dégoût ou l'émerveillement. En tout cas, ne laissait pas indifférent. Veuillez excuser mon élan gargantuesque, mais dès qu'il s'agit d'art, j'exagère. »

– C'est moi qui suis désolé. Après endiablée ou saccadés, je vous ai perdu. Je repensais à votre histoire de pronom et d'adjectif. Aujourd'hui c'est pareil.

« Rien de neuf. Nous ne faisons que tourner en rond. Déjà, à mon époque, la jeunesse voulait briser les chaînes engendrées par leurs aînés. Le malheur, c'est que bien souvent au lieu de se libérer, ils s'enferment dans d'autres cages parfois plus étroites.

D'ailleurs un jour, avec des clients au bar, histoire de rigoler un peu, on a créé une association : La Voix des petits pieds. Manifestations, tracts, discours, revues et le reste. Je ne vous raconte pas la réaction des grandes paluches. Ils nous lançaient des cailloux en nous insultant des pires injures. Crachant sur nos chaussures, brisant les orteils de certains, accusant d'indécents ceux qui portaient des sandales. Il y avait aussi les petites oreilles, les nez pointus, les mauvaises haleines, les langues fourchues cachées dans la masse, profitant de la foule pour engendrer des méfaits à tout va. Des coups à perte de vue, des petits incendies, des vols dans les boutiques, du vandalisme et des insultes à n'en plus finir. De ces faits, la presse fait ses choux gras, la populace des amalgames. Les Petits pieds étaient taxés de violence gratuite, de haine, de division.

Il y a toujours eu des gens s'identifiant à des détails insignifiants. Moi, c'est Totoche, le moustachu adepte de la raclette, amoureux de cornemuse, fruitophile, binaire, échangiste, et qui sent des aisselles.

Plus le mélange est compliqué et insolite, d'avantage ça passe. Moi, c'est Tata moitié Oméga, Alpha avec un peu de Bêta et une once infime de Gamma. Ah oui, je suis allergique à tout ce qui est poil de chatte et de chienne, et pour ce qui est des lapins, des rats, des cochons d'Inde, j'ai la phobie des queues. Les pires, les chauves qui ont la manie de tout tirer par les cheveux. Trêve de plaisanterie, revenons où nous en étions.

Question vie privée, je libérai Sarah. Je dis libérer, car je ne pouvais lui accorder ce qu'elle désirait. Malgré la tristesse, elle était prête à sacrifier sa nature. Chose que je refusai par manque d'égoïsme. "Après toi, je ne pourrai jamais plus aimer", dit-elle en pleurant lors de notre séparation. Chimère ou parole en l'air, quelques mois plus tard, elle souriait à pleines dents au bras d'un autre. Quand j'arrivai à dépasser la jalousie, j'espérai que celui-ci le lui fasse, son gosse.

Fante, lui, était toujours avec Soraya, enceinte d'ailleurs. Malgré leurs multiples querelles, le chaos avait créé l'harmonie. Ils paraissaient en paix, avaient hâte d'accueillir le petit Ali Jimmy ou Jimmy Ali. Ils hésitaient. On était bien loin de sa maxime d'antan : "Le grand amour c'est six mois de feu, trente ans de poussières."

Pour en revenir à la racaille, la bande des loups prenait depuis plus d'un an 20 % des parts de notre bénéfice, consommait à l'œil et invitait régulièrement des amis. »

Conquérir

« Pendant deux années d'écoute, d'observation intensive, j'avais acquis une montagne d'informations. Quand ils étaient ivres, les plus bavards prenaient plaisir à parler. Et grâce à leurs mots jetés en l'air, je savais qui était qui, ce qu'ils faisaient.

Après le départ de Sarah, j'étudiai la stratégie, lus des centaines de récits relatant des faits historiques vécus par les plus grands conquérants – cela me donna un aperçu du reflet de leur psychologie – étudiai des manuels guerriers, parcourus divers traités de communication, et aiguisai mes lacunes en matière de lois, d'économie, de marketing, de banditisme, de philosophie et de politique gouvernementale.

Pour atteindre le pouvoir, il fallait imiter ce que les plus grands avaient fait. Détenir des éléments compromettants, diriger la communication, contrôler l'information. Diviser les uns les autres, engendrer le conflit entre les clans, créer une guerre, les fatiguer jusqu'à l'épuisement, afin qu'ils ne désirent rien d'autre que le repos. Et quand le moment était opportun, unir la diversité au nom d'une seule famille, redistribuer les galons, afin d'engendrer une échelle hiérarchique solide. Comme le vent sur la mer, il fallait souffler, créer un courant. Et selon la force du souffle, une vague naîtrait, mettrait en péril les passagers. Et le plus important, se défaire des principes, s'extraire de l'éthique, se détacher d'une quelconque conscience morale. Pas de place pour les sentiments, le pouvoir se trouvait au-delà du bien et du mal. C'était là qu'il était nécessaire d'apparaître tel un sauveur, fédérant les masses désenchantées en leur promettant un rêve en commun : la liberté de chacun. »

– Une secte, quoi, ne pus-je m'empêcher d'ajouter.

– Que vous le vouliez ou non, vous aussi, vous faites partie d'une secte.

– Je ne crois pas, affirmai-je avec détermination.

– Que vous obéissiez à autrui, à votre famille, à votre patron, à votre pensée, vous obéissez à une force extérieure qui vous dépasse. Religions, boulots, humanités, principes, lois, courants philosophiques, penchants politiques, goûts artistiques, choix littéraires, commentaires, ragots, réseaux sociaux. N'est-ce point sectaire ?

– Je crois plutôt que c'est la liberté.

– Je vous le souhaite, mon petit. Si vous êtes arrivé à ce stade de détachement, vous êtes digne d'un sage, dit-il en clignant de l'œil.

Organisation secrète

« Après un laps de temps assez restreint, mes semailles commencèrent à germer. Il y avait des troubles parmi les clans, ça chuchotait de navrantes rumeurs. Des traîtres parlaient en douce avec l'ennemi. Ambiance bizarre dans l'air. Les gangsters paraissaient tendus, nerveux, de mauvaise humeur. Ces mecs-là étaient bien trop cons et prétentieux pour comprendre que le fruit de leur malheur était le résultat de mon labeur. Eh non, pour ces incultes, je n'étais qu'un bouffon sympa qu'ils rackettaient, un gentil. Fante se prenait un malin plaisir à me raconter les on-dit s'échappant des quelques tablées influentes.

De jour en jour, mes germes sortaient du sol. Je pouvais y contempler certaines tiges. Après les rumeurs, les actes. Des dizaines de meurtres non élucidés entre membres de clans. Tous les gangsters étaient sur les dents. La confiance était brisée.

Comme prévu, mes graines sont devenues des fleurs. Il suffisait maintenant de les cueillir, afin d'en faire des bouquets, grands ou petits, selon le grade de la personne à qui je les offrirais. Il fallait que je m'invente une nouvelle identité. “Un mensonge souvent répété devient une vérité.” C’est là que je mis au monde mon double : Luciano, pour une minuscule poignée d’intimes, le Don ou le Serpent pour les autres.

En unifiant les clans, une vaste organisation secrète est née : “AZZA”. Grâce à cela, j’ai engendré la paix, augmenté fortement les bénéfices de chacun. Pendant que le Serpent distribuait dans l’ombre les cartes de la ville, Tano travaillait, continuait de se faire racketter. Non plus par les loups, car ils n’existaient plus. Mais par leur repreneur, AZZA. »

Le secret

« Nul besoin de dévoiler la manière dont tout cela s'est fait. Comme dirait l'autre, "Le secret des génies est de ne pas divulguer leur source". Évidemment, je me suis uni à la science multiple de douze individus exceptionnellement doués, discrets, tenus par le secret. D'ailleurs, ils sont les seuls à avoir vu le vrai visage du Don. Les autres ne connaissent qu'un portrait d'une face inventée par l'un des artistes morts, côtoyant le bar à l'époque où il n'était encore qu'un repère d'égarés. D'ailleurs, c'est pour cela que Fante, Sarah et moi avions décidé d'appeler notre lieu Le Refuge. Qui en ce jour se nommait Le Refuge des muses, histoire de faire plus classe, vu la clientèle.

Don Luciano était et n'était pas ? Absurde quand j'y pense. L'esprit créateur de Luciano était vrai, pour le reste, une fable, une histoire, un mythe, un conte. "Un mensonge souvent répété devient une vérité." Pour tous les membres de l'organisation, Don Luciano était un être tout-puissant, énigmatique, juste, bon. Ils l'aimaient et le craignaient à la fois. Cela peut paraître de la science-fiction, qu'aucun d'eux n'ait pu rencontrer le véritable Don, tout en travaillant pour lui. Pourtant, peu d'ouvriers connaissent le visage du véritable créateur de leur usine. Ne parlons même pas des milliers d'adeptes priant l'invisible ou un quelconque prophète.

Afin de résumer mon emprise, une anecdote fera l'affaire. Il y a de cela quelques années, un des gangsters, un peu trop éméché, se mit à me raconter l'un des exploits dont il était le plus fier. Le braquage d'une armurerie, contenant les armes les plus destructrices du moment, simplement avec un mouchoir contenant un liquide chimique ayant la vertu d'endormir quiconque. N'est-ce pas dérisoire qu'un bête bout de papier eût raison d'un des lieux les plus dangereux ? criait-il en riant fièrement. Cela résume. Pour le reste, ma bouche restera scellée. Les affaires de l'ombre appartiennent à l'obscurité, celles du jour à la lumière. Même si les deux mondes sont fortement liés, il y a une distance nécessaire à respecter, un peu comme le soleil et la lune. Être trop près l'un de l'autre ne pourrait qu'engendrer une éclipse noyant la lumière dans l'obscurité. »

Bande de bouffons

« Ironie du sort, Fante voulait faire partie de l'organisation. D'après lui, il y avait un max de tunes à se faire. "Hier, monsieur voulait tuer tous les gangsters, aujourd'hui tu veux en être. Je ne comprends pas. La gourmandise ne peut engendrer que la maladie, lui dis-je, d'un ton protecteur. Profite de ta bonne santé, arrête tes conneries. Pense à Soraya, au petit Jimmy Ali." "Putain ! Je te l'ai déjà répété cent fois, ce n'est pas Jimmy Ali, mais Ali Jimmy. On dirait ma mère, bordel !" J'ai appris à mes dépens que vouloir tout contrôler n'était qu'une illusion. Il y a des choses indépendantes qui ne se soumettent pas, cela fait partie de la nature. Malgré mon désir de vouloir garder le nom de AZZA intact, de préserver la paix, des querelles affluèrent. Histoire de non-respect des lois. Apparemment, un soldat avait agi sans l'autorisation de ses supérieurs, ce qui pour la commission était une faute grave. Après un vote, la décision fut la dégradation. Le soldat était dans l'obligation de descendre d'un échelon, tout recommencer afin de reconquérir ses galons.

Quelques mois après cet incident, cette tête brûlée, pour ne pas dire ce con, détourna à nouveau la loi. Suite à une réunion secrète, la réponse au problème fut trouvée. »

Le visage de l'assassin

« Un soir, Fante est mort. D'après les dires des autorités, étranglé sauvagement, après s'être battu. "Il y avait des traces de lutte, de résistance", me dit l'un des hommes de loi. Ceux-ci m'interrogèrent pendant des heures. Ils ne le disaient pas ouvertement, mais je faisais partie des éventuels suspects se trouvant sur leur liste encore peu établie.

Avait-il été victime de sa colère, de sa grande gueule ? Était-ce l'acte d'un parasite imprévisible frappant au hasard, le résultat d'une dette de jeu, un acte de vengeance, de légitime défense ?

Peu importe. J'avais perdu mon seul ami, mon associé. Soraya avait perdu son mari. Ali Jimmy son père. Frank et Louisa, leur fils. Et Le Refuge des muses, l'un de ses fondateurs.

À l'enterrement, une foule incroyable. Dans la cohue, il y avait peut-être caché le visage de l'assassin. Les véritables proches de Fante étaient peu nombreux. Pour le reste, des gens de passage, une minorité d'individus respectueux, une majorité de bêtes curieuses. »

Les ruines

« Devant l'immeuble détruit, l'amas de pierres passant de conteneur en conteneur jusqu'à ce qu'il n'y ait plus rien qu'une terre vierge à reconstruire.

Je songeais aux locataires d'antan, les compagnons de vie, les voisins croisés, frôlés, disparus pour certains.

La boulimique avait maigri, quitté sa tige et ses trois gosses pour se barrer je ne sais où avec le beau gosse, celui qui ramenait une gonzesse par semaine. L'anorexique bouffait, avait grossi, était mariée, avait perdu sa mère, fait des mômes avec un gars qui habitait à deux pas. Lolo, le trans ou la, posait pour des magazines en vogue, était reconnue dans la mode. Madame longues jambes, la hautaine, qui disait bonjour à personne, errait ici et là beuglant solo à tout va. La clodo, disaient les cabots, camée jusqu'aux dents d'après les on-dit. Monsieur je-sais-tout décédé d'une maladie de foie, un truc de buveur. "J'ignore tout", dit-il avant le dernier souffle. Bref ! Un soir où il avait voulu aider l'ivrogne, il y avait pris goût. Par contre, l'autre, l'alcool, il avait arrêté. Je me rappellerai toujours de ce qu'il me répétait à tue-tête. "Regarde ces cons, sont fiers devant l'autre, monsieur le soldat, ses médailles, son sang, ses meurtres, et moi pour quelques verres de rouge, des palabres, on me juge comme si j'étais le pire. Jamais tué personne, moi, monsieur." Selon les échos, il était devenu prof de yoga, CrossFit, animateur des Alcooliques anonymes, ou je ne sais quoi. Le taciturne et son chien, morts dans leur appart. On les a retrouvés quinze jours plus tard à cause de l'odeur. La vieille et ses chats, je ne sais pas. Aux trépas, certainement. La célibataire bien roulée roucoulait sous le poids de la tendresse d'un romantique comblant le moindre caprice de Madame la Duchesse. Pas démérité à vrai dire. Le couple qui se disputait, puis baisait, toujours ensemble, avait des mômes. Baisait moins, certainement. Encore que. Le militaire s'était pendu avec médailles, uniforme, attirail, digne jusqu'à la mort. Le géant avait quitté la naine qui pleurait des océans selon les dires. Le politique, cul entre deux chaises, errait de droite à gauche. Le photographe était exposé dans les galeries, visionnaire, prophétique d'après les critiques. Il avait prouvé que l'instant, aussi futile soit-il, changeait constamment. Le raciste avait récolté comme beau-fils le genre de type qu'il détestait. Paraîtrait qu'aujourd'hui ils s'aimaient comme jamais et manifestaient ensemble contre l'intolérance. Le bipolaire avait écrit des romans traduits dans la sphère, des classiques pour les spécialistes du genre. Le religieux était au paradis, en enfer. Apparemment il n'était pas si pieux le monsieur, il paraîtrait qu'il aimait davantage la chair fraîche que l'esprit saint, toujours selon les commérages. Le bigleux avait remplacé les lunettes par des lentilles, puis s'était fait opérer et ne portait plus rien d'autre que ses yeux. Le connard n'avait pas changé d'un iota, toujours aussi connard. Le toc-toc vérifiait, mais moins. Le truand s'était volatilisé, affaire du siècle, misère, richesse, mort, fuite, je l'ignore. "Je sème", disait-il. Le positif qui transformait le noir en rosé bascula de l'autre côté. Négatif, il assombrissait toutes formes de clarté, déprimait. Certaines familles avaient déménagé, les étudiants s'étaient éloignés et les autres, je l'ignore. Dissous dans la masse ou morts. Zozo, lui, survivait. Toujours errant dans les alentours. Passant ses journées à écouter de la musique, le casque sur les oreilles. Et malgré les apparences, il avait bon goût, le Zozo. Ah oui, j'allais oublier Sam et Katia, et leur boule de bonheur. Apparemment, ils ont arrêté les cornets, les glaces et les parfums. Il paraîtrait qu'ils se sont installés près de la mer pour y ouvrir un bar : La Verdure. D'après les langues de vipères, le couple y vendait du haschish, de qualité selon les érudits. »

Fortune inestimable

« Âgé d'un peu plus de cinquante années, j'avais atteint une fortune inestimable. J'étais à la tête d'une puissante organisation secrète, avais le bar le plus populaire à des milliers de kilomètres à la ronde, connaissais les hommes de l'ombre, de la lumière les plus influents, étais le fondateur caché de diverses sociétés, et touchais encore chaque année des droits pour *Les Palabres*.

Malgré un tel pouvoir, il me manquait une chose essentielle et anodine à la fois : le permis de conduire. J'aurais pu à mille occasions m'en faire fournir un faux, mais non. Cela n'aurait été qu'un acte déraisonnable de ma part. Un passant aurait pu devenir victime de mon ignorance.

Après tout ce que j'avais vécu, j'eus un mal fou à réussir ce satané test.

Suite à trois échecs, la réussite. Mon premier bijou routier fut un petit cabriolet, pratique, discret, le genre modèle populaire accessible au plus grand nombre. "On ne cache pas un objet de grande valeur dans un vase trop visible, les trésors sont cachés dans des cruches sans apparence." C'était l'époque où la technologie avançait pas à pas. Les téléphones étaient plus performants, il y avait des fax. Les boîtes à images étaient en couleur et plus grandes. La comptabilité et une quantité indéfinie de données étaient stockées dans des machines intelligentes nommées : ordinateurs.

Les Alphas et les Omégas pouvaient enfin s'accoupler, faire des gosses, qu'on appelait des métis. »

– Vous étiez donc en avance, ajoutai-je, le sourire aux lèvres.

– Ne soyons point naïfs. Si on creusait la terre en profondeur, on y retrouverait certainement un tas d'embryons illégitimes, fruits d'unions secrètes des siècles passés. Et ceci en dessous des châteaux les plus prestigieux comme des chaumières les plus miséreuses.

Une demeure de rêve

« L'ambiance d'AZZA commençait à ressembler à l'usine où je travaillais à l'époque. Il était temps de quitter ce radeau de la méduse.

La vie m'a appris qu'il n'y avait pas de bons, de mauvais. Juste des gens qui ont faim, des gourmands. Afin d'instaurer la docilité, il fallait remplir leur estomac. Chose que je fis, jusqu'à ce qu'ils grandissent, puissent manger solo.

Quand AZZA est devenue incontrôlable, j'ai dû l'abandonner à son sort. Chaque entreprise, de l'ombre à la lumière évoluait et régressait. Certaines s'amplifiaient en se renouvelant, d'autres sombraient dans l'océan. Ceci n'était que le reflet du marché, contrôlé par la main invisible des spéculateurs : les comptables, ceux qui tiennent la bourse.

Pour me délier entièrement du monde des affaires, j'y vendis mes actions. Et grâce à ce noble pécule, j'achetai une demeure de rêve, dotée d'un terrain gigantesque, que j'avais fait transformer en parc afin d'y acquérir une certaine autonomie. À l'aide d'architectes de renom et d'un peu de mon imagination, suite à quelques destructions, reconstructions, rénovations, mon antre était devenu ce que je voulais qu'il soit : unique, original, exceptionnel. Piscine extérieure, recouverte l'hiver, portail, garage, salle de cinéma, de sport, studio d'enregistrement, coin détente, chambre, bureau, bibliothèque haut de gamme, salle à manger, de bains et j'en passe. Pour la déco : des bibelots d'une valeur considérable, des meubles faits sur mesure par la crème du design et des tableaux de maîtres inestimables. Le tout minutieusement étudié par l'élite de l'architecture d'intérieur, plus quelques idées intéressantes de mon cru bien évidemment. Si mon chez-moi ne me ressemble pas, il n'y a aucun intérêt à ce que j'y sois. »

– Vous ne vous sentiez pas seul dans cette immensité ? ne pus-je m'empêcher d'ajouter.

– Qui a dit que j'étais seul ? Dis, Rémy ? Si ! Dans le bac là, chope un Mozart. Ah ! Qu'est-ce que tu fous allongé sur le sol ? J'ai mal au dos.

– Qu'est-ce que vous baragouinez ?

– Réfléchissez.

La Prairie

« Des années plus tard, alors que je passais dans le quartier histoire d'acheter de la bidoche chez Zéphyr le boucher de mon enfance, celui qui farcissait les saucisses au fenouil comme personne, je ne parlerai même pas des boulettes en sauce, du poulet fumé et du reste. Bref ! À la place de ce bon vieux bougre, un bar spécialisé dans les pâtisseries colorées et des cafés de toutes catégories servis en gobelet. Je dois dire que le design de l'endroit était pas mal. On s'y sentait à l'aise. Cosy, comme ils disent.

La libraire, qu'on appelait la petite Colette, d'où son prénom, sa taille, était devenue un fleuriste assez sympa, concoctant les bouquets avec passion. Ça se sentait. Son prénom, Gary. Je le sais, car il avait une plaque agrafée à son uniforme. Le magasin de chaussures où ma mère bossait, un hangar en guise de salle de sport. Tous les commerces avaient muté, s'étaient métamorphosés en habitations ou autres commerces. Les seuls survivants claudicants n'en avaient certainement guère pour plus longtemps.

L'immeuble où j'avais résidé était devenu un centre commercial d'une architecture semblable à d'autres : béton, grandes baies vitrées, parking sous-terrain, quatre étages aménagés, aérés, escalator, ascenseur, toilettes et commerces en tout genre. Des marques mondialisées, franchisées et tenues par des gérants spécialistes en marketing. Un exutoire engendré pour les individualités en manque de besoin, une bulle de solitaire en quête de nouveautés, le passe-temps du samedi pour les couples, les travailleurs, la zone des dragueurs, dragueuses en quête d'amourettes de passage, de câlins, de machins sérieux. D'ailleurs en parlant d'amour, j'y ai croisé Zozo paradant bras dessus bras dessous avec une dame, ils avaient chacun un écouteur dans l'oreille et souriaient à pleines dents. Il y avait aussi les moqueurs évidemment, mais les amoureux n'avait pas l'air de s'en faire, bien au contraire. Pendant que les groupies riaient, eux se roulaient des pelles. Soit ! Un bric-à-brac empli de ci de ça. Ma mère en philosophe aurait dit : "Le personnel, impersonnel." Croyez-moi, Je ne veux guère inculquer une quelconque morale, j'étais le premier à y aller, à La Prairie.

Parce que oui, mon immeuble sans nom s'appelait maintenant La Prairie. Pas con. Puisque le principe des clients était la cueillette. Payante, bien évidemment. La maraude des gosses qui se faisaient engueuler par les propriétaires des jardins voisins. Rien à voir. Légitime. Travail mérite salaire.

"Rien de neuf sous le soleil." "Tout se transforme." »

– Aujourd'hui, la plupart des franchisés se font grignoter par les magnats du Net. Comme vous dites, tout se transforme, rien de neuf, ajoutai-je, fier comme un coq. Demain, ce sera autre chose.

Au bar

« Malgré la déco, la gérance, la musique et bien d'autres choses ayant muté par la force de l'instant, le bar était toujours nommé Le Refuge des muses. Changement majeur, on y servait des plats. De qualité, je dois dire. Et il y avait devant la porte un gars en forme de cube, doté d'un accent à couper au couteau et d'une froideur à faire frémir un glaçon.

À mon époque, il n'y avait pas de portier ou de videur. J'ai toujours trouvé ces mots froids, indécents. À l'entrée, notre devise était : "Déshabillez-vous, retirez vos préjugés, enlevez vos étiquettes, déchirez vos marques, amusez-vous, soyez qui vous êtes." La seule condition pour avoir accès à notre lieu : la liberté. Sans vouloir jouer les prétentieux, nous étions en avance sur bien des choses. Il y avait des soirées scène ouverte où tout le monde pouvait participer, professionnels, amateurs. Pendant que l'un déclamait, un autre peignait, dansait, mimait, jouait d'un instrument, certains tapaient même sur des ustensiles improbables, des assiettes, des casseroles, des seaux et des trucs ingénieux projetant des sons hors du commun. Parfois ça donnait un son terrible, original, et parfois le mélange ne faisait rien d'autre que de briser les oreilles. Là, l'artiste sortait de ses gonds, blessé dans son orgueil de créateur. "Vous ne comprenez rien, je suis trop en avance." Puis il rigolait, buvait, s'amusait. Nous avions engagé de jeunes gens afin qu'ils raccompagnent les clients trop éméchés. Les uns gagnaient de quoi se divertir, les autres rentraient sains et saufs, évitaient les risques inutiles pour eux comme pour un tiers. Tous les midis et les soirs avant l'ouverture, nous offrions des repas aux plus démunis ou simplement à ceux qui avaient faim. Nous triions nos déchets, recyclions, évitions le gaspillage et bien d'autres actes dont certains se glorifient. Les étriqués, comme nous les appelions histoire de nous moquer, nommaient notre bar la poubelle, le caniveau, les chiottes, la décharge et autres noms dignes de leur grandeur d'esprit. Pas besoin de vous faire un dessin, vous avez compris où ils voulaient en venir. »

– Vous savez, pas plus tard qu'hier, un portier, ou physio comme ils disent, m'a refusé l'entrée pour une histoire de chemise. De nos jours, s'amuser, c'est compliqué. La semaine dernière un pote s'est fait recaler parce que sa coupe de cheveux n'était pas conforme à certains critères. Il y a un tas de codes absurdes qu'il faut adopter pour avoir accès aux lieux de divertissement. Faut être sapé comme si tu allais à un mariage, avoir la gueule qui va avec, payer le parking, avoir la carte de membre, donner un pourboire à la sortie au mec qui n'était pas trop d'accord que tu rentres. Si tu ne le donnes pas, tu seras recalé indéfiniment, de plus monsieur les gros bras joue les vexés, fait sa boudeuse. Bref ! Faut aussi donner de la monnaie à une dame si on veut uriner, d'ailleurs on l'appelle Madame Pipi. « Bande de merdeux », disait-elle aux plus crasseux. « Bah oui, répondaient-ils, la merde, ça vous connaît, n'est-ce pas, d'ailleurs passez le bonsoir à votre mari, Monsieur Caca. » J'avais de la peine pour la dame, mais la blague n'était pas mal. Soit ! Obligation de consommer un certain nombre de bouteilles pour avoir accès à une table digne de ce nom. Toute une histoire. Je ne parle même pas de la déco impersonnelle, de la musique qui se rapproche davantage du bruit que de la mélodie. Et pour la clientèle, une assemblée de clones se trémoussant sur les tubes bas de gamme du moment. Mon but n'est pas de dénigrer mon espèce et les lieux, c'est une observation personnelle bien évidemment. Il y a des endroits exceptionnels, mais le problème c'est toujours l'accès. Soit c'est trop sélect, soit privé ou coûteux. Face au magnum de champagne pailleté, avec ton petit soda alcoolisé tu as l'air con. Pire, si tu prends une bière, là, tu as la médaille du parfait ringard. Digne du cow-boy vieux de la vieille, mais qui a pris des rides, du bide.

– Je comprends le phénomène et l'entends parfaitement. Je pense que la plupart des patrons de ce genre de lieux s'occupent davantage de techniques marketing, commerciales et d'événementiel que du goût, du bien-être. Leur manque de culture amoindrit certainement l'authenticité, empêche l'originalité. Pour qu'un endroit dégage une atmosphère digne de ce nom, faut posséder une âme, être doté d'une passion particulière.

« Pardonnez-moi cette digression, mais tant que j'y pense, il y a une promesse que je n'ai pas su tenir. Celle de ne plus saigner. J'ai continué d'écrire, je le fais encore d'ailleurs. J'ai plus d'une histoire dans les tiroirs et une poignée d'esquisses en chantier, dont un bouquin dédié au Refuge. Qui sait ! Si la vie me l'accorde, peut-être qu'un jour vous le lirez.

D'ailleurs, en pensant à lui, Le Refuge, des souvenirs resurgissent, la nostalgie du bon vieux temps, comme disent les gens d'antan. Une image en particulier. Celle d'un caïd qu'on nommait Al d'après son prénom et Lucky, car le bougre avait échappé à plus d'une dizaine d'assassinats. Bref ! Un soir, samedi si mes souvenirs sont bons, le sacré Al a dégringolé les escaliers et s'est retrouvé à terre comme une loque. Tu penses bien le nombre de lèche-bottes qu'ont accouru pour relever le boss. "Non, ça va", dit-il, question de fierté.

Personne n'avait osé ricaner. Le seul, un mec trop bourré que j'avais dû sortir le temps qu'il se reprenne. Il n'arrêtait pas de rire, le fou. Un léger rictus aurait suffi pour que Lucky ou Al mitraille le railleur sans aucune émotion. D'après les dires, il avait commis son premier meurtre au couteau sur les quais à treize piges. Le pourquoi, je l'ignore.

Un autre truc à faire froid dans le dos, un jour lors d'une réunion entre capos, comme ils disent, il avait buté son meilleur pote de sang-froid, un gars sûr de longue date, sans tache. Une pulsion, le bruit de la cuillère touillant le café qui l'avait fait sortir de ses gonds.

S'il était capable de tuer son ami d'enfance d'un coup de tête, imagine pour les autres. Dans le biz, ça faisait réfléchir les ambitieux qui auraient voulu lui piquer son trône. Tu vois ce que je veux dire. N'empêche qu'à ce jour, il est mort d'une maladie de merde engendrant la folie. Tu peux corrompre les hommes, pas la santé.

Le dimanche suivant, je croisai Gigi, fleur du désert, seule au comptoir, mal en point, hématome sur la gueule visible malgré le maquillage censé masquer.

– Qu'est-ce qui ne va pas, ma Gigi ? demandai-je, compatissant.

– Ce fils de lâche de Mickey m'a défoncée comme une merde, puis il a appelé ses potes pour qu'ils me sautent à tour de rôle. Tout ça pour une nuitée peu rentable à son goût, ou une question d'humeur. Va savoir.

– Casse-noisette, le petit moustachu râblé, au café, c'était ton mac ?

Oui, on l'appelait Casse-noisette, car d'après la légende, il brisait les corps, puis bouffait l'intérieur.

– Bah oui, qu'est-ce que tu crois ? Avec tous les tarés qui rôdent, faut bien une protection. Cher payé, mais bon. J'ai une copine qu'avait voulu se la jouer solo. On l'a retrouvée gisant dans son sang. Un client carrément cinglé ne s'était pas gêné. Des histoires comme celle-ci, je pourrais t'en raconter des tonnes. Des encyclopédies à la pelle. Des gars qui prennent des jeunes filles en otage, les arrachent à leurs racines, leur prennent leurs papiers pour ne pas qu'elles se barrent, menacent leur famille, les droguent et j'en passe. Question pourcentage, carrément de l'esclavage.

– Excuse-moi, dis-je, troublé, dégoûté de moi-même.

– Pourquoi tu dis ça ? dit-elle, interrogative.

– Si j'avais su que tu avais un mac.

– Tu n'y es pour rien, mon chou, tu es un gentil, toi, un bon gars.

– J'ai contribué à un truc qui ne me plaît guère. Ça me dégoûte.

– Ça existe depuis la nuit des temps, mon choux. Plus vieux métier du monde, paraît-il. Mettons cela sur le compte de ton ignorance ou ton utopie, c'est toi qui vois.

– Ce n'est pas une excuse.

– Pour ce salaud de Mickey, t'inquiète, il l'a payé, et durement, comme il se doit dans ces cas-là. Queenie, la reine des girls, s'en est chargée.

– Queenie ?

– La boss de la loterie, la petite dame à la peau foncée qui a peur de personne. Celle qui est venue ici par bateau sans rien dans les poches. De petit boulot en petit boulot, elle a fait son trou, la frangine. Mais elle avait vite compris que, pour s'enrichir, le statut d'ouvrière n'allait certainement pas suffire. Alors, elle s'est mise à bosser pour des malfrats, des petites frappes devenues gros bras pour certains, manchots et rien pour d'autres. Elle a été espionne pour des clans, voleuse, et des trucs que j'ignore. Un soir, un boss pour je ne sais quelle raison l'avait cognée. Après avoir encaissé sans broncher, elle a sorti un rasoir et l'a tailladé jusqu'à ce que mort s'ensuive.

– Sacrée guerrière, ta Queenie.

– Pas fini, mon pote. Pour dire d'aider la gent féminine, elle a créé un groupe réprimandant les salauds de tout bord : les maquereaux, les violeurs, les violents et les autres. Le cul-cul clan.

– Ah bon.

– Dans les cas extrêmes, elle prenait quatre à cinq gars de sa bande, bien membrés, pour qu'ils sodomisent à tour de rôle ces putains de violeurs de merde. Puis pour pas qu'ils oublient, comme les victimes d'ailleurs, elle gravait une croix sur leurs fesses et le coin des lèvres au fer. “Voilà, connard ! Tu te l'es prise dans le cul, la bouche. À chaque fois que tu te regarderas dans le miroir, tu t'en souviendras. Comme celle à qui t'as fait le coup. Du donnant donnant, petite merde.” Puis ils jetaient le corps nu sur l'avenue pour que la populace lorgne à sa guise. L'enculé. C'est le cas de le dire, finit-elle par dire en riant. Allez, qu'est-ce que tu bois, beau gosse ?

– Un White Russian, et toi, ma belle ?

– Pareil. Je te dois combien ?

– Laisse tomber, offert par la maison.

– *Gracias*, l'*amigo*.

Puis un soir, comme ça au hasard, au coin d'une rue, je croise la sacrée Queenie, un livre à la main, lorgnant les alentours.

Femme à la peau foncée, petite, frêle, menue, jolie, élégante. Le sourire aux lèvres, elle m'arrête :

– Eh ! C'est toi, le bon gars, le patron du Refuge, le pote de Gigi ?

– Exact, madame. Queenie, je suppose ?

– Appelle-moi Stéphanie. Queenie, c'est pour les loubards.

Sa verve était à mille lieues de la vulgarité des gangsters. Elle était raffinée, la Stéphanie. Ça sentait la culture, la subtilité, le vécu. »

Suite à cela, il se met debout sur le banc et déclame je ne sais quoi à haute voix.

– Hier on a fait l'amour comme des bêtes, puis la belle est partie dans les prés, gambadant avec de grandes enjambées. Pas de pot, un tracteur qui passait par là la faucha. Il l'avait prise pour un lièvre. Elle est morte.

– De l'accident ?

– Non, de la fièvre. Chou ! Je viens d'y penser, il y a un colis qui nous attend chez la fermière. D'ailleurs, en passant, va chercher le faisan chez la bouchère.

– Qu'est-ce encore que cette mascarade ?

– Je suis trop en avance, vous ne pouvez pas comprendre, dit-il en riant, pire qu'un môme.

Quatrième tableau

Le purgatoire

« Les pionniers qui s'en vont de l'avant,
sans esprit de retour, à la recherche de
terres plus fertiles ou d'un coin qui sera
leur nouvelle patrie, sont bien rares. »

Blaise Cendrars, *L'Or*

« L'innommable »

« Soixante ans. Loin de ma ville natale, les membres de mon royaume se faisaient la guerre pour le trône. AZZA était devenue un événement médiatique, populaire. Tout contrôler, une chimère. Faut se rendre à l'évidence, le destin d'un fruit, la pourriture.

Celui qui voulait tant exister était parti s'isoler dans un coin de paradis, dont le nombre d'habitants était bien plus faible que la superficie du territoire ; ce qui créait pour chacun un espacc de liberté les empêchant d'étouffer.

Grâce aux ressources obtenues dans l'ombre, j'ai engendré un tas d'emplois, créé un max d'entreprises, fondé des banques, effectué des prêts dont les intérêts étaient réinjectés dans des œuvres philanthropiques, construit des lieux afin d'abriter des centaines d'individus privés de toit, emménagé des quartiers afin que les ouvriers soient logés décemment, et offert de la nourriture à ceux qui avaient faim. Question presse : juste un ramassis de ragots, contenant certains faits, beaucoup de on-dit, engendrant de multiples fantasmes devenus mythiques. C'est vrai que la stratégie fut ma complice. Comment faire autrement ? Un agneau ne tiendrait pas plus d'une heure au milieu des loups. Et puis, je n'ai rien inventé, tout cela existait bien avant ma naissance. Comme le disent les enfants : "C'est les grands qui m'ont dit de le faire."

Tout le monde avait entendu parler du Refuge des muses, de Tano et Fante, la plupart des lecteurs assidus avaient lu *Les Palabres*, chaque individu connaissait la légende de Don Luciano, dit le Serpent, fondateur énigmatique de l'organisation secrète AZZA. Mais personne ne connaissait l'existence cachée du premier né, Calogéro. Pourtant, de Tano, d'Antonio Isaac Salinger à Don Luciano, il y avait toujours eu, planquée, la trace de l'innommable. »

– Et que sont devenus Soraya et Ali Jimmy ?

– Nous correspondions dans l'ombre, et j'envoyais mensuellement de l'argent afin qu'ils vivent décemment. De fil en aiguille, elle avait rencontré un gars, sympa paraît-il, et avait eu une fille. Depuis, silence radio.

Demeure d'enfance

« Un siècle d'errance pour trouver le chemin. La maxime de Sonny prenait sens. "Deviens ce que tu es, l'ami." Ma liberté était celle que je croyais être mon emprisonnement. Les seuls moments où j'avais pu véritablement être moi-même s'étaient passés dans ma demeure d'enfance, avec Papa et Maman. L'époque de l'innocence. L'âge où les Alphas, les Omégas, les guerres, l'esclavage, la religion, le labeur, les injustices, l'argent, le pouvoir, les crimes, les trahisons, les mensonges, le temps, la maladie et la mort n'existaient pas.

Mes parents espéraient enfanter un ange. Le monde des connaissances m'avait transformé en monstre. Il était temps de redevenir celui que je suis, que j'étais, que je serai : Calogéro, l'enfant émerveillé jouant à la découverte de l'inconnu, l'explorateur, l'artiste, le créateur. N'étant plus soumis à la contrainte matérielle, je pouvais me permettre de flâner, dépenser, me divertir, voyager, créer, ne rien faire. J'avais acquis un privilège que peu détenaient : le choix.

Depuis, afin de ne pas oublier l'enfant qui est en moi, je me balade avec un ballon gonflable de couleur rouge.

Rouge, histoire de dire qu'Alpha ou Oméga, ceci ou cela, la couleur du sang est identique. Les gens me regardent comme si j'étais Zozo. Je m'en fiche. Moi, je sais.

En mémoire de Maman et par goût personnel, j'ai exploré avec fascination le monde des arts, l'univers de la création. Et au-delà du souffle de ces milliers d'artistes, j'ai entendu leurs cris, aperçu l'essentiel : la solitude, le silence. Concerts, expos, ciné, peinture, théâtre, littérature, je me tiens au courant de ce qui se fait et m'intéresse aussi bien aux petits qu'aux grands. Car lorsque certains grands se courberont, disparaîtront, des petits s'élèveront parmi les géants et ainsi de suite jusqu'à ce que d'autres petits grandissent et grands disparaissent.

Les Palabres est devenu un film à gros budget, réalisé par un artiste de renom, reconnu dans la profession, et joué par de grands interprètes, les idoles du moment. Cette prouesse cinématographique reflétait avec justesse l'ambiance du livre. Rien à redire.

Mon seul regret : l'absence des morts. Maman, Papa, Fante, Sonny, James, Louisa, Frank et Henry, celui qui avait cru en mon œuvre.

Et pour ce qui est de mes amours, puisque cela vous intéresse, surfant de vague en vague et contre le vent, de balades en terres stériles aux mauvaises herbes, j'ai croisé mon île, rencontré ma fleur. Zora, ma belle, l'unique. Ensemble, nous nous sommes promis d'être là dans les bons moments comme dans l'adversité.

On commente l'actualité en partageant nos opinions comme Papa et Maman, on se charrie en rigolant comme Frank et Louisa, on se querelle parfois comme Fante et Soraya. On se fait la tête pour rien, on se la prend pour tout, on s'entête pour ci pour ça, on aboie comme les chiens, on ronronne comme les chats. Mais au-delà des hauts, des bas, des crochets, des coups droits, l'amour gagne toujours le combat. Bien souvent, avant d'être blessé ou de blesser, on largue l'éponge, abandonne le ring, jette les gants. Quand on sait que le temps est compté, à quoi bon le perdre en futilités ? N'est-ce pas dérisoire de se haïr, alors qu'il suffit de s'aimer ? »

Puis, soudainement, il me sort une pensée sans rapport avec le reste.

– L'artiste est un enfant qui joue avec un récipient.

– Je croyais que vous alliez me dire « avec son caca ».

– Aussi, oui. Mais pour en revenir au récipient, il remplit les vides, vide le trop-plein. Il constate, dénonce, évite, provoque les débordements. Vous savez, d'un élément, on peut extraire mille nuances. Prenons ce chocolat, reprit-il suite à une courte pause. Je vous le montre dans son entièreté. Vous le voyez, n'est-ce-pas ?

– Évidemment.

– Maintenant, je le divise et vous en expose une partie. Toujours okay ?

– Oui.

– Je le divise encore, et cette fois, je superpose les morceaux afin de créer une nouvelle forme. Qu'est-ce que vous voyez ?

– Un triangle.

– Exact. Et maintenant, j'écrase le tout et engendre un tas de miettes. Que voyez-vous ?

– Des miettes.

– Et la leçon que vous en tirez ?

– Tout se transforme.

– Oui, mais la vérité est qu'on a perdu notre temps en bavardages au lieu de le manger simplement. Ne parlons même pas du gaspillage.

– Je vois, dis-je sans être certain de comprendre.

Semeurs de ragots

« Quatre-vingts ans et des miettes. À partir d'un certain âge, on ne compte plus, ce sont les autres qui le font. Depuis le jour où j'ai compris qui j'étais, je m'efforce de le rester. Si on peut appeler cela forcer, car jouer l'enfant n'est pas la chose la plus désagréable qu'il soit. Mis à part ceci, ça fait plus de vingt ans que j'entends les ragots sur AZZA et Le Refuge, mais je ne les écoute pas. Si toutefois, je m'efforce de les entendre, ils me font rire aux éclats. Certains se sont même permis d'écrire des livres sur le sujet. Apparemment, AZZA est une confrérie démoniaque vouant un culte au diable, une secte de puissants hommes d'affaires jouant avec le monde, une bande de gangsters, des milliers d'assassins en puissance, des anges protecteurs, des criminels sauvages, sans pitié, des terroristes, des comploteurs, des adeptes de la mystique, un réseau philosophique, un crépuscule guerrier, une tanière de magiciens, une école divine, une manne financière, un État dans l'État et bien d'autres chimères du genre. Il y a même parmi certains de ces radoteurs des privilégiés, ayant eu la chance de croiser le visage du Don en personne. Pure spéculation, comme la plupart de leurs crachats, puisque le visage du Serpent est un portrait inventé.

Les seuls qui auraient pu dévoiler la face du mystère, les douze hauts dignitaires disparus à ce jour, assassinés par la vie, de mort naturelle. Ces gens ne sont que des ignorants, répétant des ragots, des on-dit, engendrant des mensonges à l'infini. Mais peut-on en vouloir aux perroquets de répéter ?

Permettez-moi de jouer les vieux ringards, mais aujourd'hui tout le monde donne son avis sur tout et n'importe quoi. Cela peut paraître absurde, mais plus les gens bavardent, moins le monde va. Plus il y a de cris, moins on s'entend. Les gens aiment tant parler qu'ils paient pour le faire devant des spécialistes de l'écoute. Et si toutefois les discours ne rentrent pas dans la marge idéale de leurs manuels, le spécialiste donne des médicaments au bavard, afin qu'il se taise. Le pire, c'est que la plupart des gens qui dépriment, stressent, se plaignent et se bourrent la gueule de médocs n'ont pas connu la guerre. Tout au plus un vide personnel, une enfance de merde. À cause de Papa, de Maman, du patron, du frère, de Tonton, de Tata, de la société, du climat, de la bouffe et tout ça, mais rarement d'eux-mêmes. Pas de quoi en chier une pendule.

Depuis qu'Internet a ouvert les frontières, les individus s'individualisent davantage, n'est-ce point dérisoire ?

Je dis ça, mais moi aussi, j'ai un smartphone, une boîte à images géante du dernier cri, un ordinateur design, performant, plat. Moi aussi, je suis connecté au réseau sans fil appelé nuage, moi aussi, je télécharge, m'informe, achète, joue, zappe, mate et suis fortement impressionné par la physique quantique, la domotique et l'intelligence artificielle qui évolue à vitesse grand V. Des robots qui tondent des pelouses, qui conduisent des voitures, qui réparent des machines, qui dialoguent, baisent, sucent, des drones qui planent dans l'air. Moi aussi, je prends des médocs quand le sommeil joue les boudeuses. Moi aussi, j'ai vu un psy quand j'avais besoin d'évacuer. Moi aussi, je suis accro aux séries, streaming et VOD.

Il n'y a qu'une chose que je ne fais pas, commenter. Je regarde, j'écoute, je ne m'attache pas. Je ne voudrais guère redevenir l'esclave de mes connaissances. Je n'ai pas accompli tout ce chemin pour à nouveau m'égarer.

Après avoir navigué d'île en île au pays des divisés, je me repose dans l'unité. »

– Je suis d'accord sur plusieurs points, mais pas sur le fait qu'il faille vivre la guerre pour ne pas se sentir bien, ne pus-je m'empêcher d'ajouter.

– Vous avez raison, ce n'est qu'un constat certainement erroné de ma part, pas la vérité.

– N'oubliez pas la guerre millénaire, celle de l'intérieur. Et, comme vous dites, l'information circule à l'infini, ce qui n'est guère facile à digérer au quotidien, surtout si on la prend à cœur. Avoir trop de choix, c'est un peu comme un récipient qui déborde. Et qui dit débordement à l'infini, dit inondation. Burn-out en langage psychologique, terminai-je, le sourire aux lèvres.

– Ma mère aurait adoré votre côté philosophe, dit-il en riant.

Jeunes touristes

« Une dernière chose avant de vous laisser, je vois que vous êtes fatigué, vos pupilles commencent à vaciller. L'autre jour, à quelques pas d'ici, il y avait une bande de jeunes assis sur le sable. Des touristes. Depuis quelques années, la ville s'est métamorphosée en lieu de vacances pour les citadins. Il n'y a plus que l'hiver, quand il y fait un peu plus froid, que nous retrouvons notre tranquillité. Mais comme dirait monsieur le maire, le tourisme fait les affaires de tout le monde.

Bref, je deviens vieux, je radote. Les jeunes sur le banc, ils étaient quatre, parlaient, ne s'écoutaient pas. Ils se faisaient passer un joint, dont la saveur n'était pas à la hauteur du shit de James, en buvant chacun une canette de soda alcoolisé, et pianotaient sur leur smartphone. L'un d'eux fumait une cigarette, qui n'en était pas une. Il tirait sur un objet métallique dégageant une fumée aromatisée. Je crois même que ça sentait le gâteau. D'ailleurs, ça m'a rappelé Maman et ses pâtisseries somptueuses au chocolat. Par curiosité, histoire d'en savoir davantage, je l'ai interrogé. Et entre bienveillance et arrogance, il m'a expliqué, en employant un jargon dont j'ignorais le sens.

L'un des plus opportunistes m'a dit en rigolant : "Laissez tomber monsieur, vous ne comprenez rien, trop vieux, plus dans le coup, dépassé, trop lent." Ce petit puceau bourgeonnant de taches rougeâtres prêtes à exploser s'était permis de me traiter de la sorte, parce que je ne connaissais pas le nom d'une nouvelle application à la mode. Comme à mon âge l'orgueil diminue, j'ai pris tout cela avec le sourire en lui tapant sur l'épaule, histoire de jouer les copains. "Ah ! Mon petit, si tu savais", ai-je dit en partant. "Oui, c'est ça, mon vieux, t'as raison, t'es trop swag, toi", a dit l'un des plus sournois qui s'était tu jusque-là. Quelle bande d'ignorants, ils se croient malins avec leur portable dernier cri, mais ce qu'ils ne réalisent pas, c'est qu'ils sont tous des cibles. Chaque clic est répertorié dans une base de données, des photos à la plus simple recherche sur le réseau, tout est là, stocké en cas de besoin. Le monde qui était fou, et ce, depuis longtemps, est devenu un asile en plein air, où l'humanité entière est sous surveillance.

Le lendemain, à quelques pas, l'un des jeunes, celui qui fumait la clope qui n'en était pas une d'ailleurs, a buté un gars. Pendant que ses potes le rouaient de coups de pied, au sol, il lui a défoncé le crâne à coups de bouteille. Tout ça pour un regard. Communication, réseaux sociaux, transparence, évolution, partage, liberté, révolution, Alpha, Oméga, Toumaï, Lucy ceci, cela, connerie. L'homo aime la guerre, c'est tout. »

Un peu avant le lever du soleil, sur cette dernière phrase, il s'approcha de mon visage, prit un selfie, quitta le banc, abandonna le ballon au gré du vent.

– Votre ballon, monsieur. Votre ballon.

– Si vous l'attrapez, il est à vous.

– Pourquoi m'avoir raconté tout cela, à moi ?

– Je l'ignore. Hasard ou pas, c'est tombé sur vous. Telle l'existence, ceci est un mystère. Palabres, palabres, et encore des palabres, puis toujours des palabres, chantonna-t-il sans se retourner.